어몽어스

우주의 배신자

어몽 어스: 우주의 배신자

로라 리비에르 지음 테오 베르떼 그림 유민정 옮김
초판 1쇄 발행일 2021년 12월 20일 초판 2쇄 발행일 2022년 11월 15일
펴낸이 이숙진 펴낸곳 (주)크레용하우스 출판등록 제5-80호
주소 서울 광진구 천호대로 709-9 전화 (02)3436-1711 팩스 (02)3436-1410
홈페이지 www.crayonhouse.co.kr 이메일 crayon@crayonhouse.co.kr

* 빛은책들은 재미와 가치가 공존하는 ㈜크레용하우스의 도서 브랜드입니다.
* KC마크는 이 제품이 공통안전기준에 적합하였음을 의미합니다.

ISBN 978-89-5547-888-4 04860

어몽어스

우주의 배신자

로라 리비에르 지음 유민정 옮김

빚은
책들

차례

1부 ······················· 9

2부 ······················· 89

3부 ······················· 155

<스켈드 호 크루 관계도>

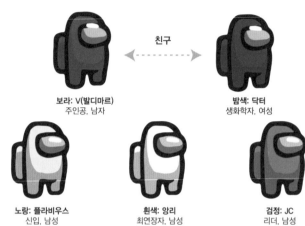

친구

보라: V(발디마르)
주인공, 남자

밤색: 닥터
생화학자, 여성

노랑: 플라비우스
신입, 남성

흰색: 앙리
최연장자, 남성

검정: JC
리더, 남성

가족

오렌지: 레몽
아빠, 남성

초록: 주이한
엄마, 여성

청록: 알리스
딸, 여성

연인

빨강: 리비아
여성

핑크: 자넬
여성

<스켈드 호 내부 지도>

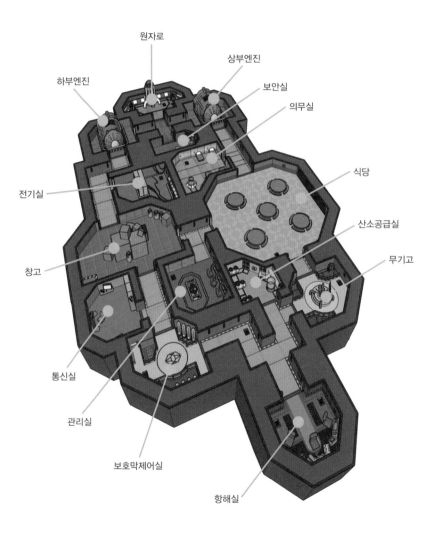

원자로

상부엔진

하부엔진

보안실

의무실

식당

전기실

산소공급실

무기고

창고

통신실

관리실

보호막제어실

항해실

1부

1장

또 길을 잃은 것이 분명하다. 장치를 켜 맵을 열었다. 1초 만에 헬멧 바이저에 지도가 떴다. 이 우주선은 정말이지 미로 같다! 게다가 더럽게 불편하게 만들어 났다. 미라(Mira)사의 일반 기준에 전혀 부합하지 않는 이상한 배치다. 어딘지 모를 곳에서 수거한 오래된 우주선 한 척을 날림으로 수리해 항해 정도 할 수 있게 대충 형태만 갖춰 놓은 것 같다. 우주선 전체가 진짜 엉망으로 설계됐다. 침대 캡슐만 해도 식당과 상부 엔진실 사이 복도 벽에 붙여 났다.

아니, 누가 이렇게 설계하지? 누가 시끄러운 기계와 냄새나는 식당 근처에 침대를 놓느냐 말이다. 딱 보기에도 우리가 하루 여덟 시간씩 들어가 있는 캡슐의 침대보다 의무실 침대가 훨씬 더 편해 보인다. 설계자가 도면에 침실을 그리는 걸 깜빡하는 바람에 가능한 곳에다 끼워 넣은 것 같다. 뭐, 결국엔 다 익숙해지겠지만.

그때까지는, 쓸데없이 몇 번이고 돌아 돌아서 가야지 별수 없다. 지금도 창고에 가야 하는데 항해실에 와 있다. 그런데 이상하게 항해실이 비어 있었다. 오후 중엔 자넬(Janelle)이 있어야 할 텐데……. 되돌아 나가려다 자넬과 마주쳤다.

볼 때마다 놀라는 자넬의 선명한 핑크색 우주복에 또 흠칫하고 말았다.

"발드마르(Valdemar)! 너 때문에 간 떨어지는 줄 알았잖아! 근데 여기서 뭐 해? 창고에 있을 줄 알았는데?"

자넬이 소스라치게 놀라고는 물었다.

"나도 그럴 줄 알았지."

"어? 무슨 소리야?"

"나도 내가 창고에 있을 줄 알았다고. 또 길을 잃어버렸어!"

평소 내 시원찮은 농담을 탐탁잖아 하는 자넬이지만 그래도 가볍게 웃어 주었다.

"V*. 삼 주가 지났어. 이제 진지하게 임해야지. 계속 그 변명만 댈 수는 없잖아."

자넬이 눈을 찡긋하며 내가 지나갈 수 있게 입구에서 비켜섰다. 나는 오른쪽 길로 가기로 했다. 지도대로라면 되돌아가는 것보다 그편이 더 빠를 것이다. 몇 미터 가지도 않았는

---

* 발드마르의 애칭

데 등 뒤로 자넬의 초조한 목소리가 들려왔다.

"어, V, 어디 가?"

"식당을 통해서 가려고. 창고 가기가 그게 더 쉬우……."

"식당? 아니야, 아니야……. 어, 내가 마침, 음, 통신실에 뭘 좀 확인하러 가야 하는데 같이 가면 되겠다. 그렇지?"

왜 저러지? 저렇게 이상하게 행동하는 건 처음 본다. 자넬이 레즈비언이 '그리고' 커플이 아니었다면 분명 작업 거는 줄 알았을 거다. 자넬은 말하는 중간에도 계속 눈을 마주치지 못하고 피하기만 했다. 난 좋든 싫든 자넬의 제안을 받아들였다. 이미 버린 시간도 충분한데 고민하느라 시간을 더 버릴 필요는 없으니까.

그렇다고 해도 궁금한 건 궁금한 거라 가는 길에 자넬에게 물었다.

"통신실에는 가서 뭐 하려고?"

"다운로드할 데이터가 있어."

말이 끝나기 무섭게 자넬이 재빨리 대답했다.

"또? 오늘 아침에 벌써 들르지 않았어?"

"맞아, 맞아! 근데 아직 못 끝냈거든. 그게, 어, 누가 방해를 해서."

당최 앞뒤가 안 맞는 얘기다…….

"리비아(Livia)가!"

자넬이 소리 지르다시피 말을 이었다.

으아! 더는 알고 싶지 않다, 진짜로. 그게 무슨 얘기든, 감시 카메라가 없는지 살필 만큼 두 사람 다 신중했길 바랄 뿐이다…….

우리는 통신실 앞에서 각자의 길로 갔다. 자넬이 통신실 안으로 들어가 모니터 앞에 앉긴 했지만 진짜 다운로드를 하는 것인지 바깥에서는 보이지 않았다. 자넬이 몸을 돌려 내가 어디 있는지 확인하려 해서 나는 지켜본 것을 눈치채지 못하게 하려고 잽싸게 다시 가던 길을 갔다. 확인하고 싶었는데. 자넬이 한 말은 분명 다 거짓말일 것이다. 내가 복도 모퉁이로 사라지자마자 다시 통신실에서 나올 게 틀림없었다. 하지만 이 일까지 알아보기에는 이미 오늘 임무가 충분히 밀려 있어 그냥 내버려 두기로 했다. 언젠가 진상을 밝힐 기회가 있겠지.

창고에 도착해 보니 한복판에서 아무것도 안 하고 어슬렁대는 플라비우스(Flavius)가 있었다. 플라비우스의 노란색 우주복은 여느 때와 달리 놀랍도록 깨끗했고, 머리 위에는 여느 때와 같이 분홍색 플라스틱 장미 한 송이가 보란 듯 꽂혀 있었다. 플라비우스는 나를 보자 소스라치게 놀랐다.

아니, 다들 내가 그렇게 무서운가? 근데 쟤는 여기서 뭐 하는 거지……. 그것도 아무것도 안 하면서! 근처에서 어슬 렁거리는 것을 본 게 벌써 세 번째다. 플라비우스가 신입인 것은 안다. 최근 미라 HQ*에서 교육을 마쳤고 선내 미션은 이번이 처음이다. 하지만 아무리 그렇다고 해도 행동이 좀 이상했다.

"임무 다 끝냈어?"

나는 아무렇지 않은 듯 물었다.

"응. 그러니까…… 거의 다. 아직 할 게 하나 남았어…… 관리실에. 난…… 난 이제 갈게. 이따 봐, 발드마르!"

"에이, V라고 불러, 다들처럼."

"어어, 그래. 그럼 안녕, V!"

그러고는 아무것도 손대지 않고 태평하게 방을 나갔다. 농 담이 아니라 오늘 다들 왜 이렇게 이상한 거지? 처음엔 자넬 이, 지금은 플라비우스가……. 다들 뭐가 문제지? 오늘 저녁 일 끝내고 닥터에게 얘기해 줘야겠다. 닥터는 시시콜콜한 이 야기들을 좋아하니까 재미있어할 거다. 그때까지는 일단 일 에 집중하면서 마음을 좀 가라앉혀야겠다. 오늘의 임무는 거 의 다 끝냈다. 창고 임무는 내가 가장 싫어하는 임무 중 하

* 스켈드 우주선을 발사하는 사령부

15

나라 맨 마지막으로 미뤄 뒀다. 시간도 오래 걸리고, 무엇보다 재미와는 거리가 멀었다. 엔진에 연료를 가득 채워야 하는데, 나는 그게 끔찍하게 싫었다. 연료통은 늘 그렇듯 청소도 안 돼 있다. 우주복을 통해서까지 그 끈적함이 다 느껴질 정도다. 끈적한 데다 미끈거리기까지! 우리 우주복은 멋지고 움직이기도 편한 편이지만 장갑은 개선이 좀 필요하다.

어떤 작업에는 전혀 적합하지 않다. 특히 이 작업에 말이다. 나처럼 손이 큰 사람은 이 장갑을 끼고는 연료통 손잡이에 손을 넣을 수 없다! 통을 놓치지 않으려면 두 손으로 통을 힘껏 잡고 조심조심 겨우겨우 상부이든 하부이든 엔진실까지 가지고 가야 한다. 이번에는 하부 엔진실이다. 근데 거기서 끝이 아니다. 더 힘든 일이 남아 있다. 탱크에 연료를 옮겨야 하는데 연료통이 다 비워질 때까지 끈적끈적한 내용물이 장갑 사이로 흘러나오지 않도록 자세를 유지한 채 버텨야 한다. 정말, 나로서는 이거야말로 지옥이었다. 나는 대각선으로 한 손은 아래, 다른 한 손은 위에 두고 연료통을 움켜잡았다. 경험상 이렇게 하는 게 가장 안정적이다. 그리고 탱크로 다가가서…… 아, 이런! 뚜껑 여는 걸 깜빡했다. 연료통을 조심스럽게 다시 내려놓고, 장갑을 인식 장치로 찍자 탱크의 작은 뚜껑 문이 열렸다. 나는 통을 다시 들어 올려 탱크 주둥이 쪽으로 기울였다. 통이 비워질수록 점점 높이 기울였다.

탱크의 게이지가 권장 높이에 다다를 때까지 이렇게 몇 분 더 있어야 한다. 내 한숨 소리가 탱크 반대편 끝까지 울릴 정도였다.

절반 정도 작업을 끝냈을 때, 선내에 굉장히 불쾌하고 날카로운 소리가 울리기 시작했다. 깜짝 놀라 통을 바닥에 내려놓다가 연료를 쏟는 바람에 흥건해진 바닥 한가운데로 미끄러져 쭉 뻗어 버리고 말았다.

"젠장……."

이게 무슨 난리지? 소리는 멈추지 않았다. 이젠 불빛 신호기까지 가세했다. 이런, 그거다. 긴급회의를 알리는 경고음이다. 이건 웃어넘길 일이 아니다. 작업은 이따 다시 하기로 하고 일단 중단해야겠다.

이제까지의 경험으로 미루어 보면 긴급회의는 그 이름이 말해주듯 일상적인 일이 아니다. 그래서 당황스러웠다. 무슨 일이 일어난 거지? 우리, 충돌하는 건가? 난 죽기엔 아직 어린데, 아직 스물도 안 됐다고! 가슴속에서 심장이 요란하게 쿵쾅댔다. 연료통을 쏟은 건 어쩔 수 없다. 이따 청소하는 수밖에. 나는 우물쭈물할 것 없이 곧장 식당으로 향했다. 긴급회의 버튼을 작동할 수 있는 곳은 식당이다. 이런 일이 발생하면 모두 식당에 모여야 한다. 긴급회의는 이번에 처음 소집된다. 무슨 일인지 모르겠지만…….

놀랍게도 식당으로 가는 복도에서 아무도 마주치지 않았다. 다들 벌써 도착한 건가? 걸음을 재촉해 달리기 시작했다. 식당 문은 닫혀 있었다. 나는 그 앞에 멈춰 서서 잠시 숨을 고르고 마음을 가다듬었다. 이 문 뒤에서 무엇이 날 기다리고 있을까?

처음엔 바로 눈치채지 못했는데, 아니나 다를까 식당이 아니었다. 급한 나머지 또 복도를 헷갈려 통신실에 와 있었다. 물론 자넬은 거기 없었다. 뭐, 몇 초라도 머물기나 했을지 모르겠지만. 난 여전히 자넬이 내게 거짓말했다고 생각하니까. 내 보라색 우주복 안에서 땀이 나기 시작했다. 여기서 혼자 죽고 싶지 않다면 정말 서둘러야 한다! 나는 헬멧의 터치 패드를 열어 바이저에 지도를 띄웠다. 장갑에 기름이 묻어 손가락이 미끄러져 바이저 여기저기가 기름 범벅이 되었다. 정작 필요한 파일은 나오지 않고 나머지 파일들이 우수수 열렸다.

마침내 지도가 열리자 안도의 한숨이 새어 나왔으나…… 안타깝게도 금세 꺼져 버렸다. 그래도 이제 어느 방향으로 가야 할지 알았다. 하지만 기름 범벅이 된 헬멧 바이저 때문에 30센티미터 앞도 잘 보이지 않았다! 이래서야 어떻게 나가는 문을 찾고 복도를 찾아가지? 잘 보이게 바이저를 올릴까 하다가 막판에 생각을 바꾸었다. 이 경고음이 선내 산소 부족을 알리는 거라면? 더 심각하게, 공기 중에 유독 물질

이 있다는 경고음이라면? 그렇게 죽는 건 너무 바보 같을 것이다. 위험 및 비상시에는 바이저, 헬멧, 산소통을 벗지 않는다. 이건 어릴 때부터 배우는 필수 지식이다. 기초 중의 기초. 가슴속에서 심장이 미쳐 날뛰는 게 느껴졌다. 너무 세게 뛰어서 몸 바깥으로 튕겨 나가 버릴 것 같았다! 후들후들 떨며 더듬거리다 마침내 출구를 찾았다. 왼쪽 벽을 따라가다 창고에 도착하면 거기서 곧장 올라가기만 하면 된다. 간단하다! 시야가 가려졌지만 달려가 보기로 했다. 좋아! 기세 좋게 창고에 들어섰는데 곧바로 무엇인지 모를 거대한 금속 상자에 무릎을 부딪치는 바람에 바닥에 넘어지고 말았다. 살아서 나가게 된다면 관련 보고를 해야겠다. 제발 창고 정리 좀!

다시 일어서려는데 헬멧에서 방울져 흘러내리는 연료 사이로 새어 드는 신호기 불빛과 고막을 찢을 듯한 경고음 탓에 머리가 빙빙 돌았다. 제발, 누가 이것 좀 멈춰 줘요……. 살아서 나갈 수 있게 해 주세요! 나는 간신히 식당으로 이어지는 복도에 들어섰다.

이제 장애물이 없으니 전력 질주할 수 있다. 무엇보다, 내 목숨이 달린 일이다! 나는 폐가 찢어져라 외쳤다.

"다들 어디 있어! 여보세요? 누구 없어요?"

마이크에선 내 목소리만 지직거렸다. 경고음이 울리고 아무도 마주치지 못했다. 대체 다들 어디 있는 걸까? 벌써 모두 대피한 건가? 매뉴얼이 있는데 내가 까먹은 건가? 우주복에 기름 범벅을 하고 여기서 혼자 죽는 건가? 이미 머릿속으로는 마지막 순간을 준비하기 시작했다……. 그래, 이제 어떻게 되더라도 품위를 지키자.

마침내 들어선 식당에는 이미 대부분이 모여 있었다. 닥터, 스타크류(Stark-Liu) 가족, 플라비우스, JC, 자넬 그리고 자넬의 여자친구 리비아……. 모두 진지한 눈빛으로 나를 바라보고 있었다. 도대체 무슨 일이 일어난 거지?

2장

질문할 새도 없이 식당 불이 꺼졌다. 심장이 요동치기 시작했다. 이건 또 뭐지? 골치 아픈 일은 이제 다 끝난 줄 알았는데! 이제까지의 인생이 주마등처럼 눈앞을 스쳐 갔다. 그러니까, 특히 후회들이. 오늘은 죽기 좋은 날이 정말 아닌데!

그때, 주변이 살아나기 시작했다. 발소리, 무언가를 옮기는 소리. 그리고 자칭(에 가까운) 보스인 JC의 목소리가 정적을 깼다.

"V, 네가 스위치를 다시 올려. 어서!"

스위치, 스위치라. 나는 잠깐 틈을 들이다 발을 뗐다. 벽은 물론 이것저것에 부딪혔다. 빌어먹을 우주선! 멀리서 JC가 깔깔거리며 웃었다.

"아니 V, 너 신입이냐? 스위치 작동법 정도는 알 거 아니야."

물론 안다. 어떻게 생겼는지도 안다. 하지만 여기 이 어둠 속에서, 어디가 어딘지 모르게 엉망으로 설계된 이 우주선 안에서는 쉬운 일이 아니다. 나는 애써 화를 참았다. 분명 JC

는 내 코를 납작하게 만들 이 순간만 기다렸을 것이었다. 나는 깊게 숨을 들이마시고 다시 정신을 집중했다.

"네 왼쪽 같아."

속삭이긴 했지만 듣지 못할 정도는 아니었다. 언제든 내게 도움이 되려 하는 닥터의 목소리였다. 그 소리를 듣고서야 마침내 스위치를 찾았다. 좋아! 장치가 좀 빡빡했지만 힘껏 손잡이를 올렸다. 딸깍! 소리가 나고, 전기가 다시 들어오며 불이 켜졌다. 내 얼굴에 크게 미소가 번졌다. 나 자신이 자랑스러웠다.

뒤돌아서자 크루원 모두 테이블에 둘러서서 나를 바라보고 있었다. 끈적끈적한 바이저 너머로 몇몇이 우스꽝스러운 모자를 쓰고 있는 게 보였다. JC의 검은색 우주복 뒤로는 알록달록한 풍선들도 보였다. 식탁보가 깔린 테이블 위에는 온갖 종류의 음식이 가득 차려져 있었다. 이게 대체 무슨……

"생일 축하해, V!"

모두가 입을 모아 외쳤다.

내 마음은 고마움과 깊은 짜증을 오갔다. 한편으로는, 동료들이 내 생일을 기억하고 나를 위해 깜짝 파티까지 준비해 주어 정말 기뻤다. 하지만 다른 한편으로는 한 명씩 차례로 목을 조르고 싶었다. 이렇게 말하면서. "다 이것 때문이었어?" 두 번째 마음을 따르면 일이 커질 것 같아 상황을 진정시키는 쪽을 택했다.

나는 결국 더듬더듬 이렇게 말했다.

"우와…… 어, 고마워. 정말 이건 상상도 못 했는데!"

실은 정말 엄청 당황스러웠다고. 진짜, 다들 내가 무슨 생각을 했는지 알면……. 난 외계인들이 우주선을 탈취했다든가, 우리 중 누군가 정신이 회까닥해 도끼를 들고 위협하며 설쳐 댄다든가, 아무튼 그런 엄청난 일이 일어나기라도 한 줄 알았다고! 물론 이 얼빠진 생각은 영원히 내 머릿속에만 남아 있을 테지만.

"거봐, 내가 말했지. 진짜로 좋아하는 거 같지가 않잖아."

갑자기 JC가 말했다.

"아니야, 아니야. 기…… 기뻐, 정말이야."

"아, 그래? 아닌 것 같은데!"

"맞아, 맞다니까. 난 그냥…… 그러니까……."

"우리가 널 불안하게 했다고?"

자넬이 말했다.

"전혀 아니야!"

솔직했다고 하기엔 대답이 너무 빨랐다.

"에이, 얘기해도 돼, V. 항해실에서 마주쳤을 때도 기분

안 좋은 게 딱 보였는데 뭐."

"맞아, 너 창고에서 날 봤을 때도 엄청나게 의심하는 것 같았어."

플라비우스가 덧붙였다.

"아 진짜! 이거 내 생일이야 재판이야?"

내가 버럭 화를 내며 말했다.

이게 나다. 누가 조금만 짓궂게 굴면 대뜸 폭발해 버린다. 내 큰 단점일 것이다. 안 믿기겠지만 고치려고 노력 중이다. 하지만 본성을 거스른다는 게 그렇게 쉽지만은 않다.

"케이크 다 흘러내리기 전에 먹어야겠어."

닥터가 끼어들며 말했다.

다행인 건, 언제나 내 편이 되어 주는 친구가 있다는 것이다. 닥터를 만나지 못하고 지낸 몇 해 동안 대체 어떻게 살 수 있었나 모르겠다. 내 곁에 이만큼 신뢰할 수 있는 사람이 있는 순간을 얼마나 그리워했는지.

자넬이 거대한 케이크를 조각조각 자르는 동안(며칠은 먹을 게 분명했다), 제일 연장자인 앙리(Henry)가 눈이 부실 만큼 새하얀 우주복을 입고 서빙을 했다.

내 심장 박동이 서서히 평상시 리듬을 되찾았다. 나를 위해서라면 이런 상황이 자주 일어나지 않아야 할 텐데. 내 작은 심장이 견뎌낼까 모르겠다. 확실히 나는 천성적으로 깜짝 놀랄 일이나 예기치 못한 상황을 맞으면 심하게 불안해한다. 그래서 최대한 피하고 본다. 내가 우주 순시선 크루원이 되기로 한 것도 이 때문이었다. 일이 평탄하고, 무엇보다 매우 반복적이다. 내 생활을 하고, 내 임무를 하고, 그렇게 평온하게 지내는 것이다. 복잡할 것 없다. 하지만 공동생활에서는 예기치 못한 일이 발생할 수밖에 없으니 조금은 감수해야 한다. 그런 일이 아예 생기지 않기는 어렵지 않을까 싶다. 은둔자처럼 혼자 살지 않는 한. 근데 은둔자의 삶도 견디기 힘든 건 마찬가지일 것이다. 삶은 타협의 연속 아닌가?

"먄, 내 아이디어여떠."

닥터가 음식을 입 안 가득 넣고 내 옆에 앉으며 말했다. 식사하느라 밤색 우주복의 헬멧 바이저를 올리고 있었다.

그러고 보니 내 바이저는 여전히 더러운 채로 내려져 있었다. 빌어먹을 경고음!

"응?"

"깜짝 파티 말이야. 미안. 내 잘못이야. 네가 좋아할 거라고 생각했거든."

닥터가 또박또박 말했다.

"아 괜찮아. 좋았어, 정말. 난 그냥……."

나는 한숨을 한번 쉬고는 말을 이었다.

"그냥 이런 거 안 한 지 오래돼서."

"아, 그럼 그때 이후로……?"

나는 대답 대신 고개를 끄덕였다.

"미안. 진심이야. 이 파티가 괜히 잊고 있던 걸 들춰냈다면……."

"걱정 마, 닥터. 진짜야. 실은 좋은 것 같아. 이런 소소한 기쁨을 다시 느껴보는 거. 어차피 그때도 생일 파티 거의 안 했거든. 나 혼자일 때가 더 많았으니까."

닥터는 스푼을 접시에 놓고 왼쪽 팔로 나를 감쌌다. 나는 헬멧 아래로, 울지 않으려 웃음을 지었다. 바이저가 더러워서 눈물 조금 흘린다고 알아볼 사람도 없을 테지만 그래도 자존심이 있으니까. 닥터는 좀 더 세게 나를 감쌌다. 어쩐지 닥터가 죄책감을 느끼는 것 같았다. 내가 정말 힘들어한 그 몇 년 동안 곁에 있어 주지 못했다는 죄책감을. 하지만 닥터가 알 수는 없는 일이었다……. 이 우주선에서 정말 오랜만에 재회하고 며칠 후, 지난 몇 년 동안의 일을 닥터에게 이야기했을 때 닥터가 어떤 표정을 지었는지 기억한다. 오랜만에 만난 닥터는 내게 안부를 전하고, 부모님은 요즘 뭘 하시는지, 자신이 생의학 분야에서 얼마나 자랑스러운 업적을 이루었는지 이야기하며 엄청나게 신나 했다.

그리고 닥터가 "너는?"이라고 물었을 때, 내 안의 무언가가 잘게 부서졌다. 나? 나는 아빠들*이 임무 중 돌아가신 후 삼촌에서 고모로, 또 먼 친구들에게로 전전하며 지냈다. 나는 닥터에게 이런 이야기를 무작정 쏟아냈다. 그만큼 시간이 흘렀는데도 이 얘기를 어떻게 말로 해야 할지 도통 알 수 없었다. '안녕하세요, 저는 열두 살 때부터 고아였답니다' 정도면 운을 떼기에 나쁘지 않겠지. 서스펜스를 만드는 것도, 거추장스럽게 이 말 저 말 늘어놓는 것도 별로이니. 바이저 너머 닥터의 얼굴에서 충격이 읽혔다. 닥터는 아무 말 없이 얼어붙어 있었다. 닥터가 마지막으로 봤을 때의 나는 닥터를 졸졸 따라다니던 열한 살짜리 유쾌한 꼬마 이웃이었고, 닥터는 그런 나를 남동생처럼 대해 주었다. 닥터는 우리 아빠들과도 잘 알았다. 그러니까…… 다소 자주 오랫동안 집에 없었지만 친해질 수 있을 만큼 말이다. 닥터는 충격에 오래 머물러 있지 않았다. 금세 마음을 추슬렀고, 우리는 급속도로, 마치 아무 일도 없던 것처럼, 한 번도 떨어져 본 적 없던 것처럼, 8년이라는 시간이 지나지 않은 것처럼, 전과 같은 좋은 친구로 되돌아갔다.

갑자기 공기가 너무 무거워졌다. 화제를 돌려 분위기를 좀 풀어야겠다.

---

* 발디마르의 부모는 동성 커플이었다.

"그래서, 닥터는 우주선에 사보타지*를 걸고 비상경보를 작동시키는 게 기막힌 깜짝 생일 파티 아이디어라고 생각한 거야?"

내가 말을 건네자 닥터는 내게 둘렀던 팔을 풀고는 대답했다.

"그런 것만은 아니야. 난 그냥 너한테 깜짝 이벤트를 해 줄 생각이었지. 크루원에게 도와줄 생각이 있는지 물어보고, 괜찮은 공모자를 찾은 거고."

"플라비우스랑 자넬?"

"특히 그 두 사람. 실은 모두 좋다고 했어. 그런데 자넬이 완전 차원이 다른 작전을 들고 온 거야!"

"JC가 이걸 하게 내버려 뒀다니 놀랍네."

"JC가 진짜 우리 보스가 아닌 건 너도 알지? JC는 경험이 더 많을 뿐이야. 계약상으론 이곳에서 우린 모두 동등해. 민주주의가 이렇게 말했거든. '우리의 소중한 V를 위한 깜짝 생일 파티를 준비하는 데 압도적 다수가 찬성함!'이라고."

나는 어깨를 으쓱했다. 닥터가 나를 위해 이런 일을 벌였다는 건 이해한다 하더라도 다른 사람들은 무엇 때문에 그렇게까지 열심이었는지 알 수 없었다. 내 말은, 우리 대부분이

---

* 어몽어스 세계관에서 사보타지는 임무를 망치기 위해 오작동을 일으키는 행위를 말한다.

서로 알고 지낸 시간은 고작 3주에 불과하다. 내가 있던 다른 우주선에서는 이렇게 단체로 뭉쳐서 하는 이벤트는 솔직히 흔한 일이 아니었다.

"그냥, 반복되는 일상에 모두가 좀 지쳤던 것 같아. 가끔 조금씩 움직여 주는 것도 나쁠 것 없잖아, 안 그래?"

닥터가 특별히 무모하거나 대담한 사람이었던 것 같지 않은데……. 오히려 꼼꼼하고, 계획적이고, 약간 똑똑한 척하는 사람이었다. 닥터라는 별명도 그래서 붙은 것이었다. 별 것 아닌 주제로 선생님과 의견이 갈리자 (굉장히 의심스러운) 실험에 실험을 거듭하여 자신이 옳다는 것을 논리적으로 입증했는데 그때 나이가 열한 살밖에 안 됐었다. 자기 의견을 말할 때 사용하는 박사 같은 말투 때문에 (실제로 지금도 자주 쓴다) 학교에서 모두 닥터라고 부르기 시작했다.

아주 어린 꼬마였던 나는 그녀가 살짝 자부심이 들어간 목소리로 이 이야기를 해 주었을 때부터 곧장 닥터라고 따라 부르기 시작했다.

모두가 배불리 먹었을 때쯤, 이상한 벨 소리가 울렸다.

"휴식 시간 끝! 마무리하자!"

JC가 외쳤다.

이 말에 닥터가 일어서서 테이블을 치우기 시작했다.

"어, 쟤가 우리 보스는 아니라면서 왜 이렇게 말을 잘 들어?"

내가 속삭였다.

"보스는 아니야. 하지만 다들 동의했으니까. 생일 모임은 두 시간이었잖아. 이후엔 각자 임무로 돌아가야 해. 까먹은 거 아니지? 우주선은 움직이게 해야지. 그새 파티가 좋아졌다면 또 몰라도."

'규칙은 규칙이다', 내가 알던 닥터가 돌아왔다!

3장

　다음 날 아침, 잠에서 일찍 깼지만 평소보다 오래 침대에 머물렀다. 동료들이 깜짝 생일 파티를 해 준 어제 이후, 옛 기억이 자꾸만 떠올라 날 괴롭혔다. 어제 먹은 케이크의 달콤한 맛으로도 달랠 수 없는 씁쓸한 기억이었다. 머릿속과 배 속이 약간 흐리멍덩한 채로 간신히 캡슐을 빠져나와 발소리를 죽이고 식당으로 향했다. 이 시간에는 사람이 별로 없을 것이다. 조금만 운이 좋으면 내가 늦은 걸 아무도 모르고 지나갈 수도 있다.

　그럼 그렇지, 닥터는 제외였다. 식당에 도착하자 닥터가 다 먹은 플라스틱 식판을 앞에 두고 앉아 있었다. 나를 보고는 손가락으로 식판을 신경질적으로 두드렸다.

　"이 시간에 오는 거야?"

　닥터가 쏘아붙였다.

　닥터는 규칙 준수에 늘 민감했다. 닥터에게 규칙 준수란 타협할 수 없는 필수 요소이기 때문에 규칙을 어기고 싶은 마음이 들 수도 있다는 것을 이해하지 못했다. 개인적으로는 이런 생각이 좀 지나친 것 같지만 닥터가 나보다 훨씬 더 성공한 건 분명하니까, 어쩌면 그것을 본받아도 나쁠 것 없을 것이다.

"죄송. 경고음 장치가 고장 나서."

나는 아무렇게나 둘러댔다.

닥터는 들은 체 만 체하고는 내게 에너지 음료 한 팩을 건넸다. 빨대는 벌써 꽂혀 있었다.

닥터가 빨대를 내 바이저로 들이밀며 말했다.

"자, 너 주려고 자판기에서 뽑았지. 아침을 제대로 먹을 시간은 없어, 걸으면서 이거 마셔."

내가 원하던 하루의 시작은 이게 아니었다……. 잠이 완전히 깰 때까지 어제 남은 케이크를 먹으며 정신이 좀 더 배회하게 놔둔 채 혼자 구석에 앉아 있고 싶었는데. 그 대신 하품을 참고 오늘 임무를 수행하면서 이 고약한 걸 마시게 생겼다. 겉으로는 좀 투덜댔지만 호들갑 떨지 않고 닥터의 말에 따랐다. 아침에 꼭 피해야 할 게 한 가지 있다면 바로 닥터의 설교다. 정신 건강을 지키려면 싸움은 그냥 포기하는 편이 낫다.

"오늘 아침에 할 일이 뭐야?"

닥터가 바이저에서 자기 일정을 확인하며 물었다.

"여기에서 데이터 다운로드, 관리실에서 데이터 업로드, 전기실에서 배전기 보정, 그다음 원자로랑 보안실에서 작업 몇 개."

나는 닥터를 흉내 내며 대답했다.

"좋았어, 같이 가 보자고!"

갑작스럽게 의욕 넘치는 모습이 아까 나를 질책하던 모습과 뚜렷이 대비됐다. 뭐, 불평은 하지 않을 거다. 나는 닥터가 준 고약한 주스를 홀짝이며 기꺼이 따라나섰다.

우리는 가장 가까운 곳에서 할 수 있는 임무로 오늘의 일과를 시작했다. 먼저 식당 컴퓨터에서 관리실 컴퓨터에 업로드할 데이터를 차례차례 다운로드했다. 좀 따분한 작업이었지만 정보 보안 면에서는 이편이 나았다. 컴퓨터가 서로 연결돼 있지 않아야 적의 공격이 발생해도 감염된 컴퓨터를 쉽게 차단할 수 있어 바이러스가 다른 컴퓨터에 퍼지지 않기때문이다. 기본적인 거다. 그래서 일부 작업은 일일이 손으로 해야 한다. 즉, 매일 상당히 많은 시간을 써 가며 수 기가바이트의 파일을 이 컴퓨터에서 저 컴퓨터로 옮겨야 한다는 말이다. 이게 다 만일에 있을지 모를 우주 해적이, 저지를지모를 사이버 공격을 피하기 위한 것이다. 뭐, 규칙은 규칙이고, 어쨌든 노력해 보기로 했으니 일단 딴죽 걸지 않는 것부터 시작하자.

식당에서의 다운로드는 왜 아침을 든든히 먹겠다고 하지 않았을까 후회될 정도로 너무 오래 걸렸다. 닥터에게 아침을 먹겠다고 할 만한 시간은 있었다. 하지만 그보단 닥터를 언짢게 하지 않는 편이 더 낫겠다 싶었다. 다운로드를 전부 마친 뒤 우리는 관리실로 향했다. 관리실은 아주 가까이 있어서 가는 길에 아무도 마주치지 않았다. 관리실에서 업로드가 진행되는 동안 — 방금 다운로드한 시간보다 훨씬 더 느린 것 같았다 — 나는 모니터 앞에 앉아 스크린의 프로그레스 바를 뚫어져라 바라보았고, 닥터는 대시보드에 기대 서 있었다.

"있잖아, V, 질문 하나 해도 돼? 음, 좀 개인적인 질문?"

"응, 해."

나는 모니터에 시선을 둔 채 대답했다.

"왜 크루원이 되기로 했어? 네 아빠들이 그렇게 되고 나서 말이야."

닥터를 등지고 있어 다행이었다. 덕분에 일순간 당혹감에 일그러진 얼굴을 들키지 않을 수 있었다. 평정을 되찾고서야 닥터 쪽으로 몸을 돌렸다.

"글쎄……. 그냥 알고 싶었던 것 같아."

"뭘 알고 싶었어?"

"이 직업이 뭔데 그렇게 빠져들게 만든 건지. 아빠들이 나랑 있는 게 아니라 대부분의 시간을 여기서 보냈을 정도로 말이야."

"아."

닥터의 목소리가 갈라졌다. 그러곤 말을 잇지 않았다. 다시 침묵을 깬 건 닥터였다.

"그래서?"

내가 질문을 잘 이해하지 못해 한쪽 눈썹을 치켜올리자 닥터가 다시 물었다.

"이제 알게 됐어?"

"어떤 날에는 매일같이 달라지는 별과 은하를 볼 수 있다는 게 진정한 축복이라 생각하며 눈을 떠. 그러다 또 어떤 날에는 이 일상이 나를 조금씩 말려 죽이는 것같이 느껴져."

"순시선 말고 다른 데로 배속해 달라고 요청할 수 있을 거야. 정찰선 같은 데로."

닥터가 제안했다.

"절대 안 돼! 스트레스를 너무 많이 받을 거야."

닥터가 웃음을 터뜨렸다.

"V, 네가 뭘 원하는지 알아야 해! 정말 일상을 벗어나고 싶다면 어느 정도 스트레스는 감수해야지. 네 생각엔 네가 뭘 잘할 것 같아?"

"모르겠어. 목숨을 위험에 빠뜨리지 않으면서 좀 더 괜찮

을 듯한 일자리가 미라 HQ엔 많으니까."

"예를 들면?"

"그…… 그…… 그러니까, 그냥 그렇다는 얘기야. 더 깊이
생각은 안 해 봤어."

"음, 오케이."

얘기는 여기서 멈췄다. 더 할 말이 없어서가 아니라 자넬
과 리비아가 들어왔기 때문이었다.

"안뇽!"

자넬이 쾌활한 목소리로 외쳤다.

"데이터 다운로드?"

닥터가 물었다.

"응."

리비아가 대답했다.

"줄 서야 할 거야."

내가 일러두었다.

그러자 빨간색 헬멧의 바이저 너머로 리비아가 짜증스럽
게 인상을 찌푸렸다. 반대로 자넬은 매우 기뻐했다. 합법적
으로 잡담을 나눌 완벽한 기회라고 생각한 것이었다. 자넬은
단번에 폴짝, 닥터 옆에 자리 잡고는 나와 눈을 마주쳤다.

"그래서 V, 지나고 보니까 어때, 깜짝 파티?"

"예술이었어, 정말."

"아, 그 말 들으니까 기쁘다. 내가 경고음을 울리자고 했단 거 알아? 식당 불은 JC의 즉석 아이디어였고. 근데 진짜 근사하긴 했지. 닥터는 너한테 그냥 비상경보 메시지를 보내자고 했는데…… 좀 더 재미있게 하려고 논쟁을 좀 벌였지!"

"논쟁, 그게 논쟁이라고?"

닥터가 어설프게 되받아쳤다.

솔직히 말해서 그렇게 놀랍지 않았다. 아무리 내 생일이라도 규칙을 어기는 닥터의 모습은 상상이 안 됐다. 닥터가 동의했다는 것만으로도 놀라운 일이었다. 아마 이때도 '민주주의가 이렇게 말했거든'이 성립했겠지.

"정말 멋진 아이디어였어, 자넬. 하지만 우리 모두의 평화를 위해 앞으로 이런 식의 이벤트는 반복되지 않는 편이 좋을 것 같아."

내가 자넬에게 말했다.

"걱정 마. 솔직히 말하면, 경고음이 얼마나 소란스러울지 며칠 전부터 궁금했거든……. 이젠 알았으니까!"

"두 사람, 다운로드 끝났어."

갑자기 리비아가 차가운 목소리로 말했다.

가끔, 난 자넬과 리비아가 사귀는 게 좀 이해가 안 된다. 자넬은 한없이 낙천적이고, 언제나 활짝 웃고, 상냥하고, 누구와도 금세 친해진다. 리비아는…… 완전 반대다. 병적으로 소심한 성격인 건지 지나치게 염세적인 건지는 모르겠지만, 말하기 좋아하는 스타일이 아닌 것만은 확실하다. 불만은 없다. 나도 조용한 게 좋으니까. 하지만 내게 말을 하면, 꼭 윽박지르는 것 같아 기분이 별로다. 뭐, 가까운 사람에겐 다르게 행동하겠지. 아니면 리비아의 그런 면이 자넬의 마음을 사로잡았든가. 누가 알겠나. 나는 연애 문제는 잘 모르니까.

닥터와 나는 바로 관리실을 나와 전기실로 향했다.

복도에서, 식당으로 곧장 향하는 JC를 보았다. JC는 빠르게 걸어가느라 우리를 보지 못했다. 창고를 통해 가면서는 스타크류 부녀와 마주쳤다. 오렌지색 우주복은 아빠인 레몽(Raymond), 청록색 우주복은 딸인 알리스(Alice)였다. 두 사람은 자넬과 리비아처럼 거의 함께 다녔다. 닥터와 나는 두 사람에게 짧게 인사를 건네고 지나갔다.

창고를 나서자 닥터는 말없이 머리를 절레절레 흔들었다.

"무슨 문제라도 있어?"

내가 걱정하며 물었다.

"스타크류 가족."

"스타크류 가족이 왜?"

"넌 스타크류 부부가 임무마다 애를 데리고 다니는 게 정상이라고 생각해?”

“에이, 애는 아니지, 열여섯 살은 됐는데!”

“겨우 열네 살이야.”

“내 말이 그 말이야. 애가 아니라고. 청소년이지.”

내가 답했다.

“프로필을 봤는데 사실상 태어나서부터 계속 함께 다녔더라고. 나이를 먹어서도 쭉. 아이를 이곳에 데리고 오는 건 엄청 위험한 일이야. 애가 무슨 짓을 저지를지 모르니까 눈을 떼서는 안 된다고. 그것 때문에 부모는 에너지와 집중력을 잃게 돼. 모두 이렇게 한다고 생각해 봐, 어떻겠어? 생지옥일 거라고!”

“난 내 아빠들이 임무에 날 데리고 다녔다면 정말 좋았을 것 같은데.”

닥터가 복도 한중간에 멈춰 섰다.

“V…… 미안. 그런 뜻은 아니었어…….”

“그런 뜻이었어.”

내가 소리쳤다.

나는 속력을 높여 먼저 걸어갔다. 닥터가 재빨리 걸음을 옮겨 나를 따라잡으며 내 팔을 붙잡았다.

“V, 미안해. 난 정말…….”

나는 닥터의 손을 세차게 뿌리쳤다.

"됐어. 알겠어."

나는 돌아보지 않고 계속 걸어갔고, 닥터는 뒤에 우두커니 남았다.

"난 이제 엔진 체크하러 갈게. 안녕."

내가 조그만 목소리로 말했다.

"이따 봐."

닥터도 조그맣게 대답했다.

4장

　깜짝 생일 파티 후 며칠이 지났고, 스켈드(Skeld)*에서의 생활도 안정된 페이스를 되찾았다. 그 이후 달라진 것은 단 하나, 내가 어떻게든 닥터를 피해 다니고 있다는 것이다.

　난 여전히 닥터의 말이 받아들여지지 않았다. 닥터를 늘 친구로, 같은 편으로, 뭐든 말할 수 있는 사람으로…… 친누나로 생각했다. 우주선 안에 크루원의 아이들이 있을 곳은 없다는, 아이들은 부모와 떨어져 폴루스(Polus)**에 남아 있어야 한다는 것이 닥터의 생각임을 알고 나니 마음이 아팠다. 내가 닥터를 몰라봤다. 닥터와 알고 지내고 나서 처음으로 혼자라고 느껴졌다. 물론 그 이후 닥터는 노력했다. 사과하려 하는 게 내 눈에도 보였다. 하지만 너무 일렀다. 나는 아직 그럴 수 없었다.

　문제는, 좀 충동적인 데다 마음속 응어리를 비밀처럼 굳게

* 우주 탐색선의 이름
** 인간의 전초기지가 있는 행성

43

봉인한 채 의견을 굽히지 않는 나 같은 사람은 사과로 가는 길이 꽤 길어질 수 있다는 것이다. 내 이런 성격의 대가를 지금 닥터가 치르고 있다. 아무래도 이런 상황이 우리 둘 모두를 슬프게 하는 것 같다. 어떻게 보면 비긴 거라고 해야 할까?

나는 일부러 보호막 부팅 업무에 정신을 쏟았다. 하루가 길었다. 내가 바라는 것은 한 가지뿐이었다. 최대한 빨리 오늘의 임무를 끝내고, 재빨리 식사를 해치우고(케이크가 아직도 남아 있는 것 같다), 침대에 몸을 쭉 펴고 누워 바이저로 좋은 영화 한 편을 감상하는 것이다.

내 뇌의 전원을 완전히 끌 수 있는 쉽고도 뻔한 방법이었다. 아, 생각만 해도 최고다! 오늘 아침부터 이 생각뿐이었다. 모니터 화면에 빨간색 면적이 모두 사라지자 나는 홀가분하게 한숨을 내쉬었다. 자, 이제 두 가지 임무만 마치면 오늘 작업은 끝이다.

나는 가장 빠른 길을 찾으려고 마지막으로 파일을 열어 지도를 확인했다. 확실하게 지도를 이해해야 한다. 오늘 또 엄청나게 헤매고 다녔다. 더는 안 된다! 좋아, 이번에는 복잡해 보이지 않았다. 항해실과 무기고에 임무가 하나씩 남아 있었다. 항해실, 무기고 순으로 작업하면 되겠다. 게다가 편하게도 두 곳 다 가까운 곳에 있다. 일이 다 끝나면 바로 옆이 식당이니, 완벽하다! 이제 곧 일이 끝난다는 사실에 신이 나 활기찬 걸음으로 복도로 나섰다. 길은 좀 헤맸지만 특별한 일 없이 잘 풀린 하루다. 좋은 징조다.

이제 드디어…….

웽웽웽웽웽웽웽웽

또야? 요전 날과 마찬가지로 선내 비상경보가 최대 볼륨으로 울렸다. 경고음에 연동된 불빛 신호기가 워낙 강렬해 반사적으로 바이저 앞으로 손이 올라갔다. 불빛 때문에 눈앞이 아득해지자 혼란스러웠다. 오늘 누구 생일인가? 얘기 좀 미리 해 주지! 난 짜증이 나서 — 분명 내 계획은 늦춰질 테고 이래서는 영화고 뭐고 다 물 건너가게 생겼다 — 터덜터덜 식당으로 향했다.

무기고까지 직진, 이어서 왼쪽. 가는 길에 아무도 마주치지 못했다. 또 웃음거리가 되려나 싶어 서두르지 않기로 했다. 갑자기, 등 뒤로 빠르게 가까워지는 발소리가 들렸다. 돌아보니 닥터였다.

"무슨 일이야?"

닥터가 물었다.

"모르겠어. 또 누구 생일인가. 닥터야?"

"아니, 으음, 아닐걸……."

닥터는 조금 망설이더니 다시 말을 이었다.

"아냐, 아냐, 내 생일은 넉 달 뒤야."

우리는 몇 초간 우두커니 서서 서로를 바라보았다. 지금 날 놀리는 건가? 나는 눈을 가늘게 뜨고 닥터를 쳐다봤다.

"서둘러야 하지 않을까?"

닥터가 내 집요한 시선에 난처해하며 말했다.

닥터가 앞장섰고, 나도 투덜거리며 그 뒤를 따라 뛰었다. 식당에 도착하니 대부분 벌써 도착해 있었다.

"진짜…… 자넬…… 너무하네! 그만하기로 했잖아!"

내가 숨을 몰아쉬며 자넬을 다그쳤다.

"나 아무 짓도 안 했어, 정말이야! 자기가 좀 말해 봐."

리비아가 말하려는데 JC가 가로막았다.

"모두 다 왔나?"

JC가 냉정한 목소리로 말했다.

모두가 눈으로 방을 훑었다.

"레몽이 없어."

레몽의 아내 주이한(Juihan)이 말했다.

그러자 JC가 알 수 없는 시선으로 주이한을 바라보았다. 그리고 한숨과 함께 거의 중얼거리듯 말했다.

"주이한, 레몽은 오지 않을 거예요."

침묵. 모두가 말없이 JC와 주이한을 번갈아 바라보았다. 저게 무슨 말이지? 플라비우스가 제일 먼저 침묵을 깼다.

"어디 있는데? 레몽한테도 깜짝 파티 해 주는 거야?"

다들 많이 당황한 듯 보였다. 플라비우스는 어깨를 으쓱하며 JC를 어리둥절한 눈으로 바라보았다. 플라비우스를 제외한 나머지 사람들은 무슨 상황인지 이해하기 시작했다. 주이한이 비명을 내지르고 오열하며 딸인 알리스를 끌어당겨 안았다.

"그러니까 네 말은……."

닥터는 말을 끝내지 못했다.

JC가 닥터 대신 말을 매듭지었다.

"레몽이 죽었어."

"아……."

플라비우스가 짤막이 내뱉고는 부끄러운 듯 몸을 움츠렸다.

"확실해?" 앙리가 물었다.

"확실해요."

"무슨 일이 있었던 거야?" 리비아가 물었다.

"레몽 어딨어? 어딨어? 보여 달라고!"

주이한이 소리치며 JC에게 달려들었다. 나는 자넬과 함께 주이한의 팔을 한쪽씩 붙잡으며 진정시키려 했다. 녹색 헬멧 바이저 너머로 보이는 주이한의 두 눈은 이해할 수 없는 이

상황에 대한 분노로 일그러졌고, 두 눈 아래로는 깊게 눈물 고랑이 팼다. 갑자기 움직이는 바람에 나와 자넬의 손에서 벗어난 주이한이 가장 가까운 문으로 달려갔다. 하지만 문은 열리지 않았다.

"아무도 여기서 못 나가."

JC가 명령했다.

"그럼 무슨 일인지 설명을 해!"

리비아가 화를 냈다.

그 사이, 이번엔 플라비우스가 자넬과 어떻게든 주이한을 진정시키려 애썼다. 그때 알리스의 조그마한 청록색 우주복이 눈에 들어왔다. 알리스는 꼿꼿이 서 있었다.

JC가 발표한 이후로 알리스는 아무 말도 하지 않았고, 움 직이지도 않았다. 닥터가 알리스 앞에 무릎을 꿇고 앉아 있었다. 이야기를 하는 것 같았다. 알리스는 듣지 않았다. 쳐다 보지도 않았다. 알리스의 초점 없는 두 눈은 허공을 응시하는 듯했다. 우리 곁이 아닌 어딘지 모를 다른 먼 곳에 떨어져 있는 것처럼.

알리스가 어떤 감정일지 나는 확실히 잘 알았다. 나의 세 상이 갑자기 무너져 버리는 것. 이미 너무 늦어 내가 할 수 있는 것이 하나도 없는 것. 그래서 아무것도 하지 않고 그냥 거기 있는다. 발만 땅에 붙이고 정신은 다른 곳에 둔 채 내

주위로 분주하게 움직이는 사람들을 바라보면서.

동료들의 갈라진 목소리에 불현듯 현실로 돌아왔다. 리비아, 앙리, JC 셋이 동시에 말을 하고 있었다. 그 바람에 무슨 소리인지 전혀 알아들을 수 없었다.

"조용히 해!"

주이한이 침착하고 권위 있게 말했다.

주이한은 눈물을 멈췄다. 두 눈은 여전히 부어 있었지만 더는 조금 전과 같은 분노로 일렁이지 않았다.

"JC, 네가 아는 걸 정확히 이야기해 봐. 레몽에게 무슨 일이 일어났는지?"

"무슨 일이 일어났는지는 나도 몰라요. 하지만 분명한 건 그냥 사고는 아니라는 거예요."

JC가 잠시 쉬었다 모두를 향해 다시 말을 이었다.

"내…… 내가 시신을 발견했어. 상태가…… 그렇게 될 수가 없어. 그게 기계였든 뭐였든 간에 말이 안 돼. 레몽에게 무슨 일이 일어났든 정상적인 일은 아니야."

"정상적이지 않다니?" 플라비우스가 물었다.

"우리 중에 빌어먹을 살인자가 있단 얘기야?" 리비아가 소리쳤다.

"나도 몰라, 리비아! 시신을 보자마자 나…… 난 너무 무서웠어. 곧바로 모두를 여기로 불러 모은 거야. 그게 규칙이니까."

"규칙?" 플라비우스가 되물었다.

"규칙에 뭐라고 돼 있는데?" 내가 물었다.

모든 시선이 닥터에게 집중됐다.

"다들 정확히 알고 싶은 게 뭐야? 규칙에는 임무 중 발생한 사망 사고 케이스만 한가득이야. 알려진 바이러스, 알려지지 않은 바이러스, 자연사, 살인⋯⋯."

바로 이 부분에서 모두가 고개를 끄덕였다.

"좋아. 설명해 줄게."

닥터는 우주선 내에서 살인이 일어난 경우 따라야 할 절차와 관련한 파일 내용을 상세히 설명했다.

크루원이 범죄나 시체를 발견하면 최대한 빨리 회의를 소집한다. 회의에서 합의제로 그다음 절차를 결정한다. 어떤 제안이 투표에 부쳐지면 여느 투표와 마찬가지로 각 크루원이 한 표씩 갖는다.

"일단 범인이 지정되고 나면 절차는 명료해."

"말하자면?" 자넬이 물었다.

"살인자는 방출이야."

"방출?" 앙리가 외쳤다.

"재판 같은 거 없이?" 플라비우스가 놀라며 물었다.

"크루원의 결정이 재판이야." 닥터가 말했다.

"이런 경우를 예상한 절차가 있다니 믿기지 않아⋯⋯. 엄청 불길해."

플라비우스가 몸서리를 치며 말했다.

"현실적인 거 같은데." 리비아가 냉담히 말했다.

"그래서, 우리가 할 일이 그거야?" 자넬이 인상을 쓰는 것이 바이저 안으로 비쳐 보였다. "누군가 자수할 때까지, 아니면 무고할 수도 있는 누군가의 몸뚱이를 우주 속에 날려 보내기로 결정할 때까지 서로가 서로를 의심하는 거?"

"그게 규칙이야, 자넬." 닥터가 말했다.

"규칙이라고 해서 이상하지 말란 법은 없어!" 내가 소리쳤다.

모두의 시선이 내게 향하는 바람에 잠시 멈췄다가 말을 이었다.

"왜? 난 자넬의 말에 동의해. 동전 던지기 하듯 결정할 순 없……."

"동전 던지기가 아니야."

JC가 내 말을 잘랐다.

"본부를 호출하자! 그들이 알아서 하게. 재판이든, 수사든."

"그들은 그렇게 안 할 거야. 내가 호출했어, 여러 번. 하지만 외부와 통신이 끊겨서 아무도 응답하지 않아. 우리가 결정을 내려야 해." JC가 조용히 답했다.

"진심이야? 대체 누가 이 빌어먹을 규칙을 만든 거야?!"

"진정해, V. 화내 봤자 소용없어." 닥터가 말했다.

"다들 어디 있었어?"

갑자기 리비아가 취조하듯 물었다.

"뭐라고?" 앙리가 기가 막혀하며 말했다.

"무슨 말인지 알잖아요. 여기 오기 전에 다들 어디 있었는지 알아야겠어. 원한다면 나부터 시작할게. 자넬과 나는 항해실에 있었어. 우리는 종일 붙어 있었어. 너희들 차례야."

"난 끼지 않⋯⋯."

"나는 통신실에 있었어. V는 보호막 제어실에 있었고."

닥터가 내 말을 자르고는 대답했다.

"내가 보호막 제어실에 있었는지 어떻게 알았어?" 내가 놀라 물었다.

"오늘 거의 너만 따라다녔어. 얘기하고 사과하고 싶어서."

"아니 대체⋯⋯"

이번에는 리비아가 내 말을 잘랐다.

"오케이. 다른 사람들은?"

"창고에." 플라비우스가 말했다.

"알리스, 넌 어디 있었어? 평소에 아빠랑 잘 다녔잖아."

"리비아, 진심이야? 내 딸이 자기 아빠를 죽였다고 의심하는 건 아니겠지?"

주이한이 화를 내며 말했다.

"그렇게 말 안 했어요."

"알리스는 오늘 나와 같이 다녔어. 경고음이 울렸을 땐 전기실에 있었고." 주이한이 딱 잘라 말했다.

"좋아요, 고마워요. 앙리?"

"난 여기 식당에 있었어. JC가 확인해 줄 거야. JC가 경고음을 울렸을 때 여기 있었거든."

"맞아. 난 의무실에서 왔고. 시신을 발견한 곳은 의무실이었어."

짧은 침묵이 이어졌다.

"아주 좋아. 정리해 보면, 자넬과 나는 서로가 증인이고. 닥터는 V의 증인이고. 닥터가 진짜 거기 있었는지는 확인해 줄 사람은 없지만. 두 사람이 같이 도착했다는 것으로는 어떤 증명도 안 돼." 리비아가 선언했다. "주이한과 알리스도 같이 있었고. 그럼 플라비우스랑 앙리 그리고 JC만 증인이 없네."

"웃기지 마, 리비아!"

"난 규칙대로 할 뿐이야, 플라비우스."

"JC가 죽었다면 왜 우리를 소집하려 했겠어? 좋을 게 뭐가 있다고?" 자넬이 물었다.

"지금 너처럼 사람들이 변호해 줄 테니까." 리비아가 말했다.

"이제 그만들 해. 다들 지금 무슨 말 하는지 알고 말하는 거야? 우린 그렇게 안 해!" 내가 소리쳤다.

"이건 규칙이야, V. 선택의 여지가 없다고!"

리비아가 똑같은 말을 되풀이하며 닥터를 바라봤다.

"리비아 말이 맞아⋯⋯. 이건 규칙이야."

이 말이 내게 비수가 돼 꽂히는 듯했다. 며칠 새 두 번째다. 내 친구라고 생각했던 사람이 감당할 수 없어지기 시작했다.

"JC, 뭐라고 좀 해 봐!"

내가 격분하여 말했다.

"아니, 닥터 말이 맞아. 긴급 상황이니까. 그리고 본부에서 소식이 없기 때문에 선택의 여지가 없어. 규칙을 지켜야지. 투표해야 해. 지금."

"하지만 이렇게 누군가를 방출할 수는 없어!"

자넬이 당혹스러워하며 말했다.

"우릴 곧장 추궁하는 게 수상해. 숨기는 게 뭐야?"

앙리가 리비아를 손가락으로 가리키며 몰아붙였다.

"난 진짜 맹세해. 정말 아무 짓도 하지 않았어. 나 방출하지 마!" 플라비우스가 흐느껴 울었다.

"투표가 시작됐어." 닥터가 말했다.

"두 가지 중 선택할 수 있어. 누군가를 지목하든가 차례를 건너뛰든가."

모두의 바이저에 화면 하나가 떴다. 거기엔 크루원 전원의 사진이 있었다. 레몽의 사진은 회색으로 되어 있고 그 위로 X표가 그어져 있었다. 닥터의 설명대로 각자 우리 중 범인으로 생각하는 한 사람의 얼굴을 클릭하거나 혹은 의사 표명을 하지 않고 건너뛸 수 있다.

선택은 개인의 몫이다. 이제 각자의 신념에 따라 선택해야 한다…….

나는 무심코 뭐라도 누르게 될까 봐 감히 헬멧에 손을 댈 엄두도 내지 못했다.

"우리가 다 건너뛰면 어떻게 되는 거지?" 자넬이 물었다.

"아무도 방출되지 않는 거지." 닥터가 대답했다.

"아! 그럼 다 그렇게 하면 되겠네!" 자넬이 들떠서 말했다.

"그리고 살인자가 활보하게 놔두고?" 리비아가 시니컬하게 되받아쳤다.

"투표 오 초 남았어!"

닥터가 우리를 재촉했다.

나는 투표 건너뛰기를 선택했다.

5초 후, 각자의 바이저에 로딩 화면이 떴다.

결과 계산

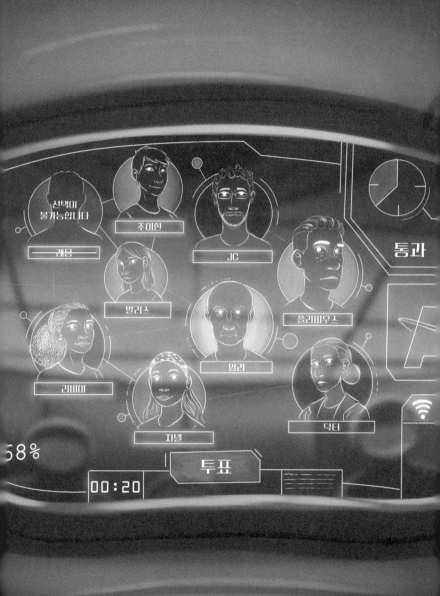

진행 중

이제 어떻게 될까?

5장

아무도 방출되지 않습니다

나는 안도의 한숨을 내쉬었다. 투표의 자세한 내용이 ─ 투표는 익명으로 진행되었다 ─ 화면에 표시됐다. 건너뛰기를 선택한 사람은 총 세 명이었다. 한 명은 자넬일 테고, 나…… 그럼 세 번째는 누구지? 앙리와 JC가 각각 2표, 플라비우스가 1표를 받았다. 마지막 한 표는 리비아를 향해 있었다. 우리 모두, 리비아도 깜짝 놀랐다.

"누가 나를 찍었어? 왜?"

"리비아, 익명 투표의 원칙은 누가 어디에 투표했는지 알지 못한다는 거야."

JC가 말했다.

"내가 널 용의선상에 올렸다고 날 찍은 거지, 그렇지? 알량한 복수심으로?"

리비아가 되받아쳤다.

"난 나라고 말하지 않았어."

"아니라고도 하지 않았지."

"정말 다들 이럴 거야? 그만해, 투표는 지나갔어. 이제 끝났다고. 안 그래, 닥터?" 자넬이 답답해하며 말했다.

"일단 아무 조치도 취하지 않기로 크루원 모두 합의한 거니까 이제 각자 임무로 돌아가도 돼." 닥터가 대답했다.

"그래서, 살인자가 활보하게 놔둔다는 거야? 그 살인마가 이제 내 딸이나 나를 노리면? 너희들은 내 남편 생각은 조금도 안 하는구나, 조금도!"

주이한의 분노가 다시금 폭발했다. 몇몇이 주이한의 주변에 모여들어 주이한을 진정시키려 했다. 주이한은 분노로 얼굴을 일그러뜨리며, 이제는 자신의 모국어로 울부짖기 시작했다. 눈물이 다시금 주이한의 뺨을 타고 흘러내렸다. 그 뒤로 어린 알리스가 의기소침한 채 서 있었다. 알리스는 여전히 멍한 눈으로 아무 말도 하지 않고 있었다. 어쩌면 건너뛰기를 한 세 번째 사람이 알리스였을까?

몇몇이 주이한의 곁에서 분주히 움직이는 동안, 리비아는 JC와 닥터를 탓했다. 리비아는 이 사건을 종결하기로 한 것을 이해하지 못했다. 범인의 몸뚱이가 스켈드에서 최대한 멀리 떨어져 우주를 표류하기 전까지 모두 이 방을 나가서는 안 된다고 말했다.

"이제 어떻게 되는 거야? 암살당하길 기다리면서 조용히 일이나 하라고? 나 말고 다른 누군가가 먼저 죽길 바라면서?"

리비아가 격분하여 말했다.

"우리가 조사를 진행할 거야."

JC가 침착하게 말했다.

"우리가 누군데?"

"닥터가 시체를 살펴볼 거야. 실제로 무슨 일이 일어났는지, 무엇 때문에 레몽이 죽었는지 밝혀낼 수 있을 거야. 그럼 추가 단서를 얻을 수 있을 거고."

"닥터가 범인이면?" 리비아가 지적했다.

"좀 전에 네가 날 용의선상에서 제외한 줄 알았는데?"

"백 퍼센트는 아니었어. 나한텐 이제 모두가 용의자야. 방어할 걸 지니고 다녀야겠어."

JC는 고개를 가로젓고는 리비아의 말을 무시한 채 목을 가다듬고 말했다.

"닥터와 나는 의무실에서 시체를 살펴볼 거야. 아무도 근처에 오지 않길 바라. 오케이? 다들 해야 할 임무가 있으니까. 너희는 하던 일로 돌아가. 서로의 눈이 될 수 있게 둘씩 짝을 지어서."

"우리 아홉 명인데 어떻게 둘씩 짝을 지어?"

플라비우스의 질문에 JC가 귀찮은 듯 어깨를 으쓱해 보였다.

"주이한과 알리스는 당연히 일에 복귀할 수 없고." 자넬이 말했다.

"내가 잠깐 두 사람과 같이 있어 줄게. 뭐 좀 먹게 한 다음 침대까지 데려다주지." 앙리가 제안했다.

"다들 원하는 대로 해. 단, 서로서로 잘 지켜보도록 해."

JC가 한숨을 쉬며 말했다.

"그건 걱정 마. 자, 우린 가자, 자넬."

리비아가 비꼬듯 웃으며 말했다.

자넬은 내게 조금 맥 빠진 눈빛을 보내고는 여자친구를 따라 나갔다. JC와 닥터가 의무실로 출발했고, 식당은 조금씩 비어 갔다. 앙리는 주이한, 알리스와 식당 한편의 테이블에 앉아 대화를 나누며 둘을 안심시키려 했다. 좀 전에 잠재적 용의자로 지목된 이들 중 한 명인 앙리를 저 두 사람과 함께 두는 것이 과연 좋은 생각일까? 나는 늘 앙리를 크루원의 어르신이라고, 그러니까 별로 위험할 것 없는 사람이라고 여겼지만, 이젠…… 의심이 든다.

"좋았어, 그럼 팀을 짜야겠다, 짝꿍!"

플라비우스가 내게 손을 내밀며 활짝 웃었다. 하지만 내가 잡지 않자 금세 손을 거두어들였다.

"스타크류 모녀를 앙리랑 함께 두는 게 잘한 일 같아?"

내가 물었다.

"음, 응. 왜? 앙리 좋은 사람이잖아."

"앙리가 살인자라면? 앙리는 알리바이가 없었잖아."

"아, 그랬지……. 흠."

플라비우스는 잠시 말을 멈추고 헬멧 아래쪽 턱 부분쯤을 집게손가락을 톡톡 쳤다.

"음, 내가 살인자라면 ― 확실히 해 두지만 난 살인자 아니야 ― 난 눈에 띄지 않으려 할 것 같아. 그러니까 앙리로서는 이미 사람들이 자기를 의심하고 있는 상황에서 본인이 같이 있겠다고 말해 놓고 두 사람을 죽이는 건 좀 바보 같은 짓 아니겠어?"

말이 되는 것 같았다.

"됐지? 내 짝꿍 다시 해. 넌 할 일이 뭐야?"

"흠…… 항해실…… 그리고 무기고에 하나 있어."

내가 임무 목록을 확인하며 알려 주었다.

"오케이. 나도 항해실에 하나 있어. 그다음엔 창고, 원자로 그리고 상부 엔진실."

"그거 다 아직 못 끝낸 거야?"

"응."

"지금까지 뭐 한 거야?"

"야! 나 신입이잖아. 이거저거 손보는 게 나한텐 보통 일이 아니야. 몇 번이나 다시 해야 할 때도 많다고……."

"오케이."

"잠깐."

"왜?"

"나 의심하는 거 아니야?"

플라비우스가 걱정하며 물었다.

"아니, 난 그냥 '오케이'라고 했는데."

"확실해?"

"음, 어."

"……."

"자, 갈까? 안 그럼 너 일 끝내느라 밤새운다. 난 너랑 밤새우고 싶진 않다고."

복도에 도착해서 우리는 아무 말도 하지 않았다. 둘 다 머릿속에서 조금 전의 일들을 필름처럼 되돌려 보고 있었다. 인정하긴 싫지만, 난 여전히 충격에 빠져 있는 상태다. 오늘 남은 미션은 별로 없지만, 우주선 안에서 살인이라니, 이건 처음 겪어 보는 일이다. 들어 본 적도 없다. 아니, 그러니까…… 본부에 여러 루머가 돌긴 했지만 다 신입들을 겁주려는 얘기들이었다. 일종의 통과의례, 어디에나 있는 도시 괴

담 같은 것 말이다. 그렇게 관심을 기울인 적도 없었다. 관심을 기울였어야 했나?

우주선에서 죽는 건 예상했던 일, 일어날 수 있는 일이었다. 그러니까…… 내 아빠들에게 일어난 일이었기 때문에 당연히 일어날 수 있는 일이란 걸 알고 있었다. 하지만 아빠들은 내가 정상……이라고 설명할 수 있을 만한 상황, 그러니까 적과의 전투에서 목숨을 잃었다.

군인은 아니고, 그저 정찰선의 크루원이었지만 당시에는 정찰선에 타는 것도 위험한 일에 속했다. 일종의 우주 식민지 만들기 게임 같은 것이라고 생각하면 된다. 영토는 얻지만 여자들과 남자들을 잃는다. 승리로 끝나면 인명 손실은 부수적인 효과일 뿐이다. 어떤 면에선 그 인명 손실도 계획의 일부다. 요즘 같은 때, 순시선에서 사망하는 일은 훨씬 드물다. 의심스러운 무언가를 발견하면 크루는 더는 개입하지 않고 군함에 연락한다. 그들은 밀수업자들을 체포하거나 적의 함대에 맞서 싸우기로 선언한 이들이다. 물론 순시선이 외계인 우주선의 공격을 받을 때도 있다. 하지만 그것은 특별한 경우다. 요즘엔, 만약 우리 영역 반경 안에 적이 들어왔다면 그건 정찰선이 제 역할을 제대로 못 했기 때문이다. 그래서 내가 순시선에 지원한 것이다. 가장 안전하기 때문에. 우주 정복과 관련한 모든 직업 중 분명 가장 편한 보직이었다. 게다가 내 성격과도 잘 맞았다. 어쨌든 오늘까지는……

살인. JC가 우리에게 이야기한 대로라면, 살인자는 아마도 잔혹하고 어쩌면 계획적인 냉혈한일 것이다. 솔직히 소름 끼칠 만하지 않나? 처음부터 이 우주선과 뭔가 안 맞는다 싶더라니. 내 감을 믿고 여기 타지 말았어야 했다. 이젠 너무 늦었다는 사실이 무서웠다. 앙갚음하려고 벌인 살인이었기를, 살인자가 누구든 딱 레몽에게만 원한을 품은 것이기를 바랐다. 그러면 그 살인자가 다시 살인을 저지를 이유가 없지 않을까?

무기고에서 빗발치는 소행성 무리를 (마치 보복이라도 하듯) 파괴하면서, 나는 이런 식으로라도 나 자신을 설득하려 했다.

피융, 피융, 피융.

소행성들이 폭발하는 것을 보자 어느 정도 마음이 안정됐다. 하지만 그것도 잠시뿐이었다. 리비아의 말이 머릿속을 떠나지 않고 계속해서 맴돌았기 때문이다. 리비아의 말이 옳았다면? 범인을 찾아내 방출할 때까지 모두 식당에 머물러 있었어야 했는지도 모른다. 그렇게 하지 않음으로써 결국 우리 스스로 무덤을 판 것이다. 나는 침을 꿀꺽 삼켰다. 누가 레몽을 죽였을까? 그리고 왜? 다들 레몽을 꽤 좋아했던 것 같은데. 나로서는 이 살인을 정당화할 만한 이유가 보이지 않았다. 그래, 좀 많이 먹긴 했지……. 하지만 동기로는 좀

약한데. 리비아의 말대로라면 어떤 알리바이도 없는 단 세 사람은 JC, 앙리 그리고…… 플라비우스였다.

갑자기 플라비우스가 헛기침을 했다.

"저기 V. 좀 서두르지 않을래? 난 이거 말고도 아직 해야 할 임무가 많다고."

"그래, 그래……. 어, 다 됐어, 걱정 마. 아직, 어, 두 개만 더하면 돼."

"오케이, 오케이."

이마에 땀방울이 맺히기 시작했다. 내가 플라비우스와 단둘이 있다는 사실이 불현듯 떠올랐다. 용의자. 잠재적 살인자. 그가 내 뒤에 있다. 뭘 하고 있는지, 어떻게 하고 있는지 전혀 알 수 없다. 어쩌면…… 어쩌면 지금 당장 나를 죽이기로 마음먹었을 수도 있다. 내게 다가오는지 볼 수가 없다. 몇 초, 어쩌면 몇 분 만에 끝장나겠지. 생각해 보니, 이 자식에 대해 아는 사람이 아무도 없었다. 이제 막 교육을 마치고 온 이곳이, 첫 번째 근무지였다.

오직 사보타지를 걸 목적으로 크루원으로 위장한 테러 조직원이라면? 임포스터*가 우리 중에?

나는 서둘러 작업을 끝내고 마음의 준비를 한 뒤 경계를

---

* 사기꾼 혹은 배신자. 어몽 어스 세계관에서는 임무를 망치려고 침투한 적을 말한다.

늦추지 않은 채 자리에서 벌떡 일어섰다. 그가 날 죽이기로 결심했다면, 나는 그렇게 하도록 내버려 두지 않을 거다! 팔을 꼰 채 벽에 등을 기대고 서 있던 플라비우스가 내게 어리둥절한 시선을 보냈다.

"무슨 일이야, 친구? 유령이라도 봤어?"

"아냐, 아냐, 걱정 마, 아무 일도 아니야……. 그냥, 어, 좀 덥지 않아?"

"글쎄, 괜찮은데……. 갈까?"

나는 고개를 끄덕이고 플라비우스를 따라 복도를 가로질렀다. 이제는 경계를 늦추지 않고 조심해야 한다. 우리 중에 임포스터가 있다. 최대한 빨리 그놈의 가면을 벗겨 내야 한다. 이곳에서 살아남고 싶다면.

6장

우리는 항해실 임무를 끝내고 창고로 향했다. 가는 길에 창고에서 나오는 자넬과 리비아와 마주쳤다. 우리 넷 모두 재빨리 손 인사만 주고받고는 아무 말도 하지 않았다. 플라비우스와 나는 알고 있었다. 우리가 어떤 말을 하든 리비아는 그걸 언제든 우리에게 역이용할 수 있는 사람이라는 것을. 자넬은 평소와 달리 웃지 않았다. 눈이 마주쳤을 때도 아무 말 없이 미안하다는 듯 어깨만 으쓱할 뿐이었다. 창고에 도착해 플라비우스는 서둘러 연료통을 채운 뒤 상부 엔진실로 가져가 탱크에 주입했다. 물론 여기저기 다 — 자기 몸 여기저기에도 — 묻혔지만 어쨌든 빠르게 끝냈다. 우리는 한시도 지체 하지 않고 원자로로 향했다.

복도는 텅 비어 있었다. 플라비우스가 짓눌러 오는 침묵을 깨려고 먼저 말을 꺼냈다.

"그런 일이 일어나서 정말 깜짝 놀랐어."

"맞아."

"정말 말도 안 돼! 살인이라니! 이런 일이 자주 있어?"

"별로, 없어."

"첫 근무지에서 이런 일이 일어날 확률이 얼마나 되겠어! 높지 않을 거야."

플라비우스, 내 말이 그 말이야……. 우연의 일치처럼 참 이상한 일이지. 하지만 생각은 생각으로 머릿속에 간직해 두었다. 플라비우스가 내가 자기를 의심하지 않는다고 믿는 편이 더 나을 것 같았다.

"아까부터 그 생각이 계속 나. 도대체 그런 짓을 한 게 누굴까 하는 생각 말이야. 넌 안 그래?"

"그래, 그래. 물론이지."

"그래서 내 생각에는…… 그러니까…… 아무도 지목하진 않았지만, 그냥 그럴 수도 있다는 건데."

"뭔데?"

"저기, 내 생각에는, 어쩌면 닥터의 소행일 수도 있어. 그러니까 내 말은, 엄청 심오한 생의학 어쩌고를 전공한 똑똑한 사람이잖아. 졸업 인턴십 때문에 이 코딱지만 한 낡아빠진 우주선에 있는 거라는데 수상쩍지 않아? 솔직히 여기서 생의학 같은 게 왜 필요해? 자, 여기까지야. 난 이해가 안 돼. 내가 뭔가 놓치고 있는 것인지도 모르지만. 넌 어떻게 생각해? 넌 닥터랑 잘 알잖아."

"그렇지, 맞아. 어렸을 때 이웃에 살았어."

"그래서?"

"단 일 초도 그렇게 생각 안 해 봤어. 닥터는 정직하고 올 곧고 진지한 사람이야. 그렇게 비열한 짓을 계획할 사람이라 는 생각은 조금도 안 해. 닥터는 그런 짓은 상상도 못 할 정 도로 철저히 규칙을 준수하는 사람이라고."

"어쩌면 우리가 모르는 규칙인지도 모르지."

"무슨 말이 하고 싶은데?"

"글쎄 모르지, 정부가 감독하는 일종의 실험이나 뭐 그런 거일지도."

"플라비우스, 말도 안 되는 소리 하지 마. 난 모든 가설 중 에 음모론이 제일 신빙성 없는 것 같아."

"오케이, 오케이, 그렇게 말한다면야 뭐. 그래도 기억은 해 두고 있어, 어떻게 될지는 모르는 거니까."

플라비우스 앞에서는 아무렇지 않은 척했지만, 속에서는 의심이 일기 시작했다. 정부가 직접적으로든 간접적으로든 이번 사건과 연관되어 있다고는 생각지 않지만, 닥터가 왜 여기 있는지는 나도 의문이었다. 뭘 연구하러 왔을까? 실은, 난 생의학이 뭐 하는 것인지도 모른다. 닥터에게 닥터의 인 생과 학업에 대해 들었지만, 지금 여기서 '정확히' 뭘 하는지는 나도 플라비우스처럼 아는 게 없다. 그렇게 우수한 실력을 갖춘 학생이 스켈드처럼 변변찮은 순시선에서 도대체 뭘 하는 걸까? 닥터에게 직접 물어볼까? 근데 닥터가 내게 이야기하지 않았다는 건 정말로 이야기해서는 안 되는 이유가 있었을 것이다. 어쩌면 내가 허황한 상상을 늘어놓고 있는 것인지도 모른다. 닥터가 고결한 과학에 미친, 피에 굶주린 살인마라는 상상은…… 아니다. 이건 완전 터무니없다. 이 모든 생각 탓에 미쳐 버릴 것만 같았다. 머릿속이 뒤죽박죽이었다. 우리 중 내가 믿을 수 있는 한 사람이 있다면 닥터뿐이다. 그러니까…… 그런 것 같았다.

플라비우스와 나는 곧 원자로에 도착했다. 플라비우스는 원자로를 가동하려고 제어반 앞에 앉았다. 끝나지 않는 하루에 조금 기진맥진해진 나는 기계를 에워싸고 있는 노란 울타리에 기대어 하품했다. 오늘 밤 침대에 들어갈 수만 있다면 좋겠다. 영화도 안 볼 거다. 플라비우스는 평소와 마찬가지로 임무 하나 마치는 데 엄청난 시간을 보냈다. 플라비우스가 손가락으로 버튼을 두드리고, 취소했다가, 실수하고, 다시 시작하는 소리가 들렸다.

진짜 내가 대신 해 주고 말지, 좀 끝내자!

내가 플라비우스에게 나오라고 말하려던 그때, 갑자기 우주선의 조명이 일제히 꺼졌다. 그리고 곧바로 작은 보조등들이 켜지며 신호음이 울렸다. 조명을 수리하시오라는 짤막한 문장이 헬멧 바이저에서 빨간색과 노란색으로 깜빡였다.

"이게 뭐야?"

플라비우스가 겁에 질려 말했다.

"조명이 다 나갔어. 우리가 수리하러 가야겠어."

"그래, 고맙다. 나도 읽을 줄 알거든. 어떻게 해야 하는데?"

"차단기 스위치를 다 다시 올려야 해. 번개 그림이 있는 작은 노란색 표지판이 뭔지 알아?"

"가끔 네가 정말 날 바보 취급하는 것 같아."

플라비우스가 불평했다.

갑자기 어색한 침묵이 흘렀다.

"난 그냥 네 질문에 대답한 것뿐인데……."

"그래. 뭐, 바보같이 군 건 나니까. 내가 당황하면 좀 정신 못 차리고 쩔쩔매거든, 미안. 자, 시간 버리지 말자. 따라와."

나는 반 어둠 속에서 겨우겨우 플라비우스의 뒤를 쫓았다. 플라비우스는 아무 어려움 없이 길을 찾았다. 부러울 지경이었다. 물론 바이저에 지도도 나타나고, 거기에 점등 표시도 떠서 이론상으로는 어려울 것 없다, 나 같은 사람이 아니라면. 우리는 신속하게 첫 번째 차단기를 수리했다. 플라비우스는 지도를 보지 않고도 정확히 어디에 차단기가 있는지 알고 있다는 듯이 물 흐르듯 착착 진행해 나갔다.

솔직히 이런 게 어디 붙어 있는지 알 정도로 우주선을 구석구석 알고 있는 사람이 어디 있나? 신입에겐 이상한 일 아닌가? 우리가 두 번째 차단기 스위치를 올리자 조명 복구 프로그레스 바가 '80퍼센트'를 나타냈다.

"다른 사람들도 하고 있나 보다. 이제 하나 남았어."

내가 말했다.

우리가 가 보기로 했다. 마지막 차단기 앞에 도착하자 이미 닥터와 JC가 크랭크를 작동시키고 있었다. 그때, 우주선에 다시 불이 들어왔다. 몇 초가 지나서야 눈이 익숙해졌다.

"이제 의무실에 안 있는 거야?"

플라비우스가 물었다.

"조명이 없어서 할 수 있는 게 별로 없었어."

JC가 답했다.

"뭐 때문에 퓨즈가 나간 거야?"

내가 물었다.

"잘 모르겠어."

JC가 수수께끼 같은 표정으로 나지막이 말했다.

닥터가 뭔가 말하려 했지만 말을 이을 수 없었다. 새로운 긴급회의였다. 오늘 확실히 내 두 눈이 혹사당하는 날인가 보다. 경고음과 함께 빨간색 불빛이 깜짝 놀랄 정도로 사납게 눈앞에서 번쩍번쩍 터졌다. 또다시 겪고 싶지 않았는데……. 심장이 제멋대로 날뛰었다. 우리 넷은 식당을 향해 달리기 시작했다. 그때, 내 머릿속에 '누가 죽었나?'라는 질문이 가장 먼저 스쳤다. 그러다 내 앞의 닥터를 보니 마음이 놓였다. 적어도 닥터는 범인이 아니다. 다음에 생각난 것은 자넬이었다. 자넬을 생각하니 걱정이 됐다. 확실히 우주선에서 나랑 두 번째 친한 사람이었다. 아직 완전히 친구라고 할 순 없지만 가까운 사람은 맞다. 나도 모르게 보폭이 넓어졌다. 자넬에게 아무 일도 일어나지 않았어야 하는데.

식당에 도착해서야 안심할 수 있었다. 자넬은 이미 식당에 도착해 테이블 주위, 리비아 옆에 서 있었다. 몇 초 후, 앙리, 주이한, 알리스가 도착했다. 휴, 전원이 모였다. 그럼 이 회의의 목적은 뭐지? JC도 분명 같은 생각을 하는 것 같았다.

"여기서 뭐 하는 거지?"

JC가 참지 못하고 말했다.

"너희에게 할 말이 있어."

자넬이 크게 심호흡을 하고는 말했다.

"젠장, 자넬. 긴급회의 버튼이 무슨 장난인 줄 알아!"

JC가 화를 냈다.

"뭐라고 하는지 듣는 게 좋을 텐데." 리비아가 끼어들었다.

"얘기해 봐." 닥터가 말했다.

"아까…… 그…… 레몽이 살해되기 전에. 내가, 어, 내가 뭔가를 봤어."

자넬이 잠시 말을 멈췄다.

"뭘 봤는데?"

플라비우스가 어딘가 방어적인 태도로 물었다.

"앙리를 봤어. 앙리가 벤트를 타는 걸 내가 봤어*."

"뭐라고?" 지목을 받은 앙리가 놀라며 말했다.

"벤트를 타? 대체 무슨 소리를 하는 거야?" JC가 말했다.

"나도 뭔지 모르겠어. 그래서 아무 말 안 했던 거야. 리비 아랑 항해실로 가느라 보호막 제어실을 막 지나려는데, 앙리도 거기 있었어. 불과 몇 미터 앞에. 우리가 보호막 제어실로 들어갔을 때 왼편으로 앙리가 위쪽 복도를 지나는 게 보였어. 몇 초 후에 우리도 같은 복도로 나갔는데, 없었어."

"뭐가 없어?" 플라비우스가 물었다.

"앙리! 앙리가 그 복도에 없었다고. 앙리가 보여야 정상이잖아. 같은 길을 가고 있었으니까. 근데 아니, 앙리는 사라졌어. 그리고 벤트 판이 반쯤 열려 있었어. 회의에서 앙리가 직접 말했지. JC가 도착했을 때 자기는 이미 식당에 와 있었다

---

* 어몽 어스 세계관에서 임포스터는 벤트(환풍구)로 돌아다닌다는 설정이 있다. 그 것을 '벤트를 탄다'고 한다.

고! 그 복도에 있는 벤트 배관이 어디로 통하는지 알아? 곧바로 식당으로 통해. 레몽을 죽인 게 앙리라는 얘긴 아니야. 내 말은, 그냥, 앙리의 행동이 이상했다는 거야. 그래서 모두에게 알려야겠다고 생각했어…….”

“이런 엉터리 같은 말을 듣고 있어야 한다니! 지금 무슨 얘길 하는 거야? 벤트 크기를 보기는 한 거야? 어떤 어른도, 특히 나만 한 덩치라면 들어갈 수 없는 크기라고. 하물며 그 안을 지나다녔다니! 가엾은 녀석, 이번 일로 정신이 나갔나 보다.”

가장 연장자인 앙리가 말했다.

“앙리 말이 맞아, 자넬. 네 얘긴 불가능해. 그냥 앙리가 너보다 빨리 걸은 것뿐이야.” JC가 거들었다.

“그럼 벤트는? 왜 반쯤 열려 있던 건데?”

“앙리가 벤트를 탔다는 말보다는 확실히 더 논리적으로 설명할 수 있을 거야. 긴급 상황에서 누군가 거기 발이 걸렸다가 판이 열린 줄 모르고 그냥 가서 그렇게 됐다거나.”

JC의 말이 효과가 있었다. 이제 자넬이 가서 좀 쉬어야겠다는 데 모두 동의했다. 그때까지 별다른 말도 반응도 않고 있던 리비아가 말을 꺼냈다.

“너희가 알아야 할 게 또 있어. 회의가 끝나고 자넬과 난 관리실로 갔어.”

"뭐 하러? 거기에서 해야 할 임무는 이미 끝낸 거 아니었어?" JC가 물었다.

"맞아. 근데 앙리의 행동이 이상하다고 생각돼서 확인하고 싶었어."

"뭘 확인한다는 거지?" 눈에 띄게 불안해 보이는 앙리가 물었다.

"당신 자료요."

앙리는 아무 대답하지 않았지만, 바이저 아래로 이를 악무는 것 같았다.

"그래서 거기서 뭔가를 찾았어?" 닥터가 물었다.

"아주 흥미로운 걸 찾았지." 리비아가 대답했다.

7장

"크루원이 되기 전 앙리가 무슨 일을 했는지 다들 알아?"

리비아가 물었다.

다들 시선을 교환하고는 어깨를 으쓱했다. 모든 크루원은 다른 멤버의 자료에 언제든 자유롭게 접근할 수 있다. 하지만 경험상 그걸 진짜로 보는 사람은 아무도 없다. 지겨워 죽을 것 같은 서류 뭉치인 데다 승선 전후엔 해야 할 더 중요한 할 일들이 많다. 게다가 그걸 먼저 읽으면 첫날 대화거리가 80퍼센트는 줄어 버린다. 확실히 역효과를 낳는 짓이다. 뭐, 호기심쟁이나 스토커라면 분명 흥미로워할 테지만. 아니면, 예를 들어…… 우주선에서 누군가 살해당한 경우라면.

"앙리는 다름 아닌 유명 범죄자였어. 은행털이 전문가. 그래서 앙리가 벤트를 타고 이동하는 게 그다지 놀랍지 않다는 거야."

"앙리, 정말이에요?"

JC가 물었다.

"그래. 하지만 다 지난 일이야. 이건 말도 안 돼. 나는 죗값을 치렀고 이제 손 씻었어. 난 빌어먹을 벤트로 다닌 적이 없다고, 젠장!"

"그건 당신 얘기고요. 어쩌면 레몽이 당신이 여기 있는 진짜 이유를 알아챘을지도 모르죠. 그러니까 말해 봐요. 뭘 훔칠 작정이었죠?"

리비아가 되받아쳤다.

"아니라고 진짜! 쟤가 지금 아무 말이나 떠들어 대는 거 다들 안 보여? 저 여우 같은 게 자넬 구워삶은 게 분명해. 너희는 보호막 제어실에서 날 본 적 없어! 내 과거를 이용한 얘기를 지어내서 나한테 죄를 뒤집어씌우려는 거야. 이번에는 맹세해, 난 이 사건에서 결백하다고."

"이번에는……."

JC가 반신반의하며 되뇌었다.

"왜 그렇게 흥분해요? 토론하는 거잖아요." 리비아가 말했다.

"이 얘기, 좀 의심스럽긴 해." 플라비우스가 말했다.

얼굴이 우주복의 하얀색만큼이나 창백하게 질린 앙리에게로 모두의 시선이 집중됐다.

"진심은 아니지?"

앙리가 외쳤다.

"그 반대예요, 앙리. 완전 진심이에요. 여기 당신 말고 누가 레몽을 죽일 동기를 가지고 있겠어요?"

리비아가 말했다.

"아니 진짜! 너희들 지금 이 허무맹랑한 애송이들 얘기에 속아 넘어가는 거야? 딱 봐도 둘이 서로 감싸느라 저러는 거라고!"

"아까는 왜 아무 말도 안 했어?"

내가 불쑥 자넬과 리비아에게 질문했다.

"당시엔 이상하다고 생각한 게 다였어. 경고음이 울렸을 땐, 빨리 결정을 내려야 했고. 그리고 이 모든 건…… 이 모든 건 갑자기 떠오른 거라 연관 지어서 생각 못 했어. 나중에서야 자넬과 함께 얘기하다 연관이 있을 수 있겠다고 생각한 거야. 그래서 자료를 찾아본 거고……. 그리고 더는 의심의 여지가 없어졌지. 앙리는 숨기는 게 있었어."

리비아가 냉담히 말했다.

"이건 정말 완전히 말도 안 되는 얘기야! 이런 식으로 모욕당하면서는 여기 일 초도 더 있을 수 없어!"

앙리가 가장 가까운 문으로 향했지만 잠겨 있었다.

"뭐야? 빌어먹을, 나가게 놔둬!"

앙리는 주먹으로 문을 쾅쾅 치며 소리쳤다.

"규칙대로 하는 거예요, 앙리."

닥터가 유감스럽다는 듯 말했다.

다른 테이블 의자에 앉은 알리스와 주이한은 언쟁에 끼지 않은 채 멀리서 바라만 보고 있었다. 둘 다 매우 피곤해 보였다. 주이한은 몇 시간 만에 10년은 더 늙어 보였다. 주이한과 알리스는 그 끔찍한 일을 겪었음에도 존경스러울 정도로 자제력을 잃지 않고 상황을 마주했다. 두 사람이 눈에 들어올 때마다 몸에 전율이 일었다.

바이저에 투표 화면이 나타나는 건 시간문제였다. 화면이 나타나면 카운트다운도 함께 시작될 것이다. 그리고 그렇게 몇 초가 지나면 이 긴급회의의 결과가 나올 것이다. 우리 중 누군가를 방출하겠다고 투표하느냐, 투표를 건너뛰고 얼마간 더 현상을 유지하느냐. 가슴 속에서 심장이 마구 날뛰었다. 여전히 마음 한편에선 이 투표는 어리석은 짓이라는 생각이 들었다. 마녀사냥처럼 동료 중 한 명의 운명을 되는대로 결정하는 것……. 별로 내키지 않았다. 꼭 사자굴 같았다. 리비아는 방금 모두의 앞에 앙리를 먹잇감으로 내던졌다. 솔직히 그다지 문명화된 방식은 아닌 것 같았다. 하지만 다른 한편으로는……. 자넬과 리비아의 폭로는 그저 혼란스러울 따름이었다.

전직 범죄자가 우리 우주선에 타고 있다. 임포스터가 멀리 있지 않다. 적어도 얘기는 할 수 있었을 텐데. 앙리는 단 한

번도 그 사실을 언급한 적 없었다. 나는 두 번째 기회를 믿는 사람이다. 하지만 앙리가 처음부터 정직했더라면. 적어도 어떤 상황인지 먼저 솔직하게 털어놓았더라면. 과거를 숨긴 탓에 의심스럽고 수상쩍어 보일 수밖에 없게 됐다. 하지만 그렇다고 해서 이 우주선에서 발생한 모든 범죄의 책임을 앙리에게 지우는 게 가당한 걸까? 도둑이 꼭 살인자인 것은 아니다. 속단하기엔 이른 것 같다.

내 주위의 다른 사람도 나와 같은 의심에 사로잡혀 있었다. 우리 중 누군가를 제거한다는 것을 그렇게도 맹렬히 반대하던 자넬은 이제 최대한 빨리 앙리를 방출하려는 것 같았다. 리비아가 자기 목적을 이루려고 자넬을 조종한 걸까? 플라비우스도 이래저래 망설이는 것 같았다. 나처럼 도덕적 갈등을 겪고 있는 듯했다. 플라비우스도 용의자이긴 하지만. 어쨌든 앙리를 향한 리비아의 신랄한 공격이 제 역할을 톡톡히 했다. 그 사이 플라비우스는 백지장처럼 새하얘졌다. 그건 JC도 마찬가지다. 그래서 난 앙리의 주장에 약간 힘을 실어 주기로 했다. 이렇게 중요한 결정을 덜컥 해 버려서는 안 되니까.

"그러니까 용의자가 한 명뿐인 거잖아, 맞지?"

내 말에 앙리가 나를 매서운 눈으로 쏘아보았다.

"딱 봐도 그래 보이는데." 리비아가 말했다.

"모르겠어. 아까는 세 명을 용의자로 놓고, 거기에 알리바이를 완전히 확신할 수 없다고, 닥터에 스타크류 모녀까지 의심했잖아. 근데 이젠 앙리라고 딱 결정한 거야?"

"아니, V, 너 바보야? 앙리는 동기가 있잖아. 다른 사람은 없고."

"그래 그래 알아. 아까부터 얘기한 게 그거잖아. 하지만 앙리에게 동기가 있다고 해서 다른 사람에게 동기가 없는 건 아니지."

"미안한데, 형사님. 무슨 소린지 모르겠는데요?"

JC가 빈정거리며 말했다.

"이 친구는 지금 내가 공격받는 덕에 몇몇 사람이 용의선상에서 벗어날 수 있었단 얘기를 하는 것 같은데."

조금 진정한 앙리가 대신 대답하고 말을 이었다.

"내가 전에는 도둑이었고, 뭔지 모를 마법을 부려 벤트를 타고 돌아다닐 수 있게 됐다 치더라도 그건 아무것도 증명하지 못해. 저 두 사람은 내가 벤트관을 통해 식당으로 가기 전에 나를 보호막 제어실에서 봤다고 했지. 하지만 살인은 우주선 반대편, 시체가 발견된 의무실에서 일어났을지도 몰라. JC가 마침 의무실에 있었지. 마치 우연처럼."

"난 발견한 사람이라고요!"

검은색 우주복의 JC가 악을 쓰며 말했다.

"물론 네가 발견했지. 하지만 거기에 시신을 둔 게 네가 아니라고 누가 말할 수 있지?"

"말도 안 돼. 지금 우리한테 혐의를 떠넘기려는 거잖아요. 앙리, 진짜 보기 안쓰럽네요. 모든 게 당신을 가리키고 있다고요."

"그럼 플라비우스는? 응? 플라비우스는 어디 있었어? 뭘 하고 있었지? 다들 플라비우스가 안 만져도 될 것들을 만지작거리는 거 본 적 없어? 왜냐면 난 봤거든! 플라비우스가 임무를 수행할 때마다 걸리는 시간도 의심스럽지 않아? 내가 잘못 알고 있는 게 아니라면 창고는 식당을 통해서 가면 의무실에서 그리 멀지 않아. 플라비우스가 살인자가 아니라고 누가 말할 수 있지?"

솔직히 완전히 틀린 말은 아니었다. 나 역시 플라비우스의 행동이 의심스럽다고 여러 번 생각했었다. 우주선 지도는 꿰뚫고 있는데 간단한 작업 하나에 그렇게 시간이 걸린다고? 별로 신뢰가 가지 않았다.

"그리고 다른 사람들은? 다른 사람들은 왜 용의자가 아니지? 리비아와 자넬은 항상 붙어 다녀서 서로의 알리바이가 되어 준다는 게 지나치게 편리하다는 생각 안 드나? 그리고 발드마르는? 다들 못 봤어? 늘 여기저기 헤매고 다니고, 복도에서 갑자기 왔던 길을 되돌아가고. 삼 주가 지났는데 아직도 우주선에서 길을 잃어버린다고? 자, 다들 좀 진지해져 보라고…….”

이런, 내가 내 무덤을 팠네. 나도 앙리의 말에 넘어갈 뻔했다. 아니 근데, 자기 편 들어주려고 한 나까지 걸고넘어진다고? 저거, 굉장히 안 좋은 전술인데. 바로 그때, 바이저에 투표 화면이 뜨며 카운트다운이 시작됐다.

“진짜 한심하네요, 앙리. 그냥 자백해요. 그게 모두를 위해 가장 간단한 방법이니까.”

“내가 저지르지도 않은 범죄를 자백할 순 없어. 이 비열한…….”

앙리가 식당을 가로질러 돌진해 리비아에게 달려들었다. 그때, 주이한이 그의 앞을 막아섰다.

“내 남편한테 무슨 짓을 한 거야? 왜? 너한테 어쨌는데?”

주이한이 분노에 가득 차 울부짖었다.

나는 주먹다짐이 일어나기 전에 닥터와 서둘러 달려가 두 사람을 떼어 놓았다.

“투표 시간이 십 초밖에 안 남았어.”

리비아가 냉정히 말했다.

10초. 나는 투표에 전념하고자 앙리를 붙잡고 있던 한쪽 손을 놓았다. *10, 9, 8…….* 모든 것이 앙리를 의심케 하지만, 차마 그의 사진을 누를 수 없었다. *7, 6, 5······*. 그가 범인이라는 것과 우리가 그에게 이런 선고를 내리는 것은 별개의 문제다. 이것은 내가 넘을 수 없는 한계였다. *4, 3, 2, 1······*.

결과 계산
진행 중

판결은 내려졌다.

앙리가 방출되었습니다

앙리가 방출되었습니다

2부

8장

앙리가 방출된 후, 모두 서둘러 자기 임무로 되돌아갔다. JC가 권했던 둘씩 짝지어 다니기도 이젠 '끝'이었다. 자넬과 리비아는 예외일 테고, 나머지는 모두 각자 자기 일을 보러 흩어졌다. 나는 캡슐로 돌아가 우주복을 벗고 누워 금속 천장을 바라봤다. 다시 헬멧을 쓰고 영화를 볼 생각은 조금도 없었지만 그렇다고 잠을 잘 생각도 없었다. 그러기엔 머릿속이 워낙 빠르게 움직였다. 오늘의 장면들, 언쟁들이 집요하게 반복됐다. 아침까진 모든 게 정상이었다. 단 몇 시간 만에, 모두 악몽에 빠져 버렸다. 내일 아침, 이 모든 게 나쁜 꿈일 뿐이었다고, 영화를 너무 많이 본 내 상상일 뿐이었다고 깨달으며 잠에서 깼으면 하고 바랄 지경이었다. 한숨이 나왔다.

이 모든 것은 진짜, 현실이었다. 심지어 너무 심하게 현실적인 현실. 이젠 내가 바라던 조용하고 편안한 생활과 동떨어져 버렸다. 이 소란에서 살아 나가게 된다면 우주 임무는 그만둘 것이다. 구내식당 일이든 청소일이든 뭐든 간에 본부에서 내근직을 찾을 것이다. 아니면 다 잊고 폴루스의 최대한 외진 구석으로 땅을 가꾸러 떠날 것이다. 가능성이야 무궁무진하다. 살아남기만 하면 된다. 살아남기만 하면, 내게 새로운 기회가 열릴 것이다!

그때까지 경계를 늦추지 않으면서 이목을 끌지 않고 지내기로 마음먹었다. 앙리가 정말 살인자였다면 이 악몽이 계속될 이유가 없지만, 아니라면 내 등에 비수가 꽂히지 말란 법 없으니 조심하는 편이 나을 것이다. 나는 몇 시간에 걸쳐 생존 전략을 세우고 스켈드 이후의 삶을 상상한 후에야 비로소 잠이 들었다.

다음 날 아침, 극심한 편두통 탓에 반쯤 멍한 상태로 잠에서 깼다. 아침을 먹으면 좀 괜찮아지려나. 식당에 도착하니 이미 북적북적했다. 자넬, 리비아, 플라비우스, 알리스, 주이한이 벌써 세 개의 테이블에 나누어 앉아 있었다.

"안녕."

내가 도착을 알렸다.

플라비우스는 살짝 손을 흔들었고, 자넬은 눈길만 한 번 보낼 뿐이었다. 내게 돌아온 대답은 이게 전부였다. 오호라, 아침부터 이런 분위기라 이거지……. 기분이 상한 나는 미라

HQ 타워도 울고 갈 정도로 잔뜩 쌓아 올린 토스트 더미를 가지고 식당 한가운데 있는 테이블에 혼자 앉았다. 어쩌면 오늘 아침 식사 파트너는 없을지도 모르겠다. 그렇다고 굶어 죽을 수는 없지! 식사는 침묵이 깃든 이상하면서도 무거운 분위기 속에서 진행됐다. 그때 갑자기 쾅 하는 문소리와 함께 JC와 닥터가 식당으로 들어왔다. 두 사람은 아무 말도 하지 않았다. 그러다 JC가 식당을 눈으로 훑고는 이렇게 물었다.

"여기 다 있는 거야?"

아무도 대답하지 않았다.

"좋아. 닥터와 내가 너희에게 할 말이 있어. 레몽의 죽음과 관련된 거야."

JC가 말했다.

손에 들고 있던 토스트를 바닥에 — 당연히 잼을 바른 쪽이 바닥으로 가도록 — 떨어뜨렸지만, 이제 막 식당에 들어온 닥터와 JC를 보느라 아무도 신경 쓰지 않았다. 닥터가 앞으로 나와 말할 수 있도록 JC가 비켜섰다. 닥터는 시선을 피하며 주저하는 듯했다. 하지만 태연한 척 목을 몇 번 가다듬고는 말을 시작했다.

"시신을 부검해 보니 레몽의 사망 원인이 알 수 없는 바이러스 때문이었다는 것이 밝혀졌어."

좀 전 식사 때보다 더 무거운 침묵은 없을 거라 생각했는
데……. 1초 1초가 천천히 흘렀다. 마침내 제일 먼저 플라비
우스가 말을 꺼냈다.

"그러니까 그 말은…… 앙리는 결백했다는 거야?"

"꼭 그런 것만은 아니야."

닥터가 대답했다.

"무슨 말이야? 이해가 안 돼. 레몽을 죽인 게 바이러스라
면 앙리랑은 무슨 상관이야?"

플라비우스가 물었다.

"지금까지의 결론에 의하면 이 바이러스는 자신의 숙주를
죽이는 것이 아니라 숙주를 증식하는 게 목표인 것 같아. 죽
이는 게 아니라 감염시키는 거지. 그러니까 앙리가 감염됐었
고 그걸 레몽에게 전염시키려다 잘 안 됐을 가능성이 있어."

"너무 불확실하고 애매한 얘긴데, 닥터."

리비아가 꼬집었다.

"아직 조사가 끝나지 않았어. 계속 조사해서 더 알아내는
게 생기면 바로 알릴게."

"그럼 닥터 생각에는 그 바이러스가 어디서 온 것 같아?"

리비아는 대답은 들을 생각도 없었다는 듯 말을 계속했다.

"우주선들은 매 임무 전 체크되고 소독되는데? 관련 보건
정책이 아주 엄격하거든. 선내에서 감염이 일어나면 전파가

굉장히 빠르고…… 전면적이니까."

"고마워, 리비아. 내 생각엔 닥터가 아무리 못해도 너만큼은 알고 있을 것 같은데."

JC가 리비아의 말을 끊고 이야기했다.

그러자 리비아가 되받아쳤다. "별로 안 그래 보이던데."

"리비아, 제발. 계속해, 닥터."

자넬이 리비아를 말리며 말했다.

"리비아 말이 맞아. 미라의 전염병 규칙은 아주 엄격해."

"그래서 이제 몇 가지 새로운 규칙을 적용해야 해." JC가 덧붙였다.

"어떤 규칙?" 플라비우스가 물었다.

"말할게, 말할게."

JC는 앙리가 방출됐음에도 선내에 여전히 바이러스가 존재한다고 가정하고 바이러스 전파를 막는 새로운 행동 지침들을 소개했다. 혼자 식사하기, 다른 크루원과 대면 시 바이저 꼭 내리기, 서로 간 약 1미터의 안전거리 유지하기, 한 명이상의 크루원과 장시간 모이거나 대화 삼가기, 우주복과 공동 장비 주기적으로 소독하기. 모두 예방 조치이기 때문에 바로 따라야 했다.

"그러니까 지금부터는 둘씩 짝지어 다니지 않도록 해."

JC가 분명히 했다.

"말도 안 돼! 그리고 그걸로는 턱도 없어." 리비아가 불만을 토로했다.

"해결책을 찾을 때까진 전파를 늦춰 줄 거야." JC가 반박했다.

"어떤 해결책이 있나?" 리비아가 소리쳤다.

"치료제 같은 거나, 아니면 다른 거." JC가 말했다.

"다른 게 뭔데?" 이번엔 내가 물었다.

"닥터가 우리 몸에 바이러스가 있는지 알아내는 방법을 찾으면…… 감염자들을 '제거'할 수 있을 거야."

"누가 봐도 살인인 걸 멋들어지게도 말하네!"

"솔직히 난 네가 잘 이해가 안 된다, 리비아. 어제 앙리를 '살해할' 때는 그렇게까지 신경 쓰지 않는 것 같았는데."

JC가 '살해' 부분을 말할 때 손가락으로 따옴표 모양을 만들며 꼬집었다.

"상황이 달랐잖아." 리비아가 변명했다.

"어떤 게 달랐는지 설명 좀 해 줄래?"

"나는 잔혹한 살인 사건이라고 생각했어." 리비아가 말을 이었다. "바이러스가 아니라."

"아, 알겠다. 그러니까 그 경우엔 임의적으로 방출해도 상관없단 거야?"

"그게 바이러스였다면 치료제를 찾아볼 수도 있었을 테니까.” 리비아가 말했다.

“교묘한 말 바꾸기잖아, 리비아!” JC가 소리쳤다.

“나 좀 가만히 내버려 둘래, JC!”

“이렇게 짧은 시간에 치료제를 찾을 수 있을지 의문이야. 바이러스를 식별하는 거야 왜 못하겠어. 하지만 없애는 건 완전히 다른 얘기야.” 닥터가 한숨을 쉬며 말했다.

“리비아, 그럼 넌 이제 투표와 방출 방식을 지지하지 않는단 건가?” JC가 다시금 리비아를 공격했다.

“젠장, 너 일부러 그러는 거야 뭐야? 차이를 모르겠어? 살인이 어떤 길 잃은 영혼의 소행이었다면, 그래, 우주선에서 방출하는 것으로 문제를 해결할 수 있어. 하지만 그게 바이러스라면…… 젠장, 그건 우리 모두 머지않아 감염될 수도 있고, 감염됐는지 알지 못할 수도 있다는 뜻이야. 그러니까 그래, 미안한데 상황이 조금 달라졌다고.”

리비아는 숨차하며 말을 끝냈다. 침묵이 다시금 식당을 가득 채웠다. 갑자기 모두가 서로에게 의심의 눈빛을 보냈다. 리비아의 주장이 적중했다. 우리는 이제야 닥터의 발견이 실제로 의미하는 것이 무엇인지 이해했다. 만약 앙리가 유일한 보균자였다면 우리는 안전하다. 만약 우리 중 누군가 감염됐다면, 그럼 결국엔 우리 모두 감염될 위험이 있다. 그러자 모두가 서로에게 수상해 보이기 시작했다.

"그 바이러스 말이야. 어떻게 기능하는지 더 아는 게 있어?"
내가 주저하며 닥터에게 물었다.

"아직." 닥터가 대답했다.

"닥터가 의무실에서 조사를 계속할 거야. 닥터의 임무는 우리가 공평하게 나눠 맡자. 그리고 무슨 이유이든 의무실에 가야 할 때는 닥터를 방해하지 않도록 조심해 주고. 알겠지?" JC가 제안했다.

우리는 같은 줄에 묶인 꼭두각시처럼 일제히 고개를 끄덕였다.

"새로운 규칙은 모두 동의한 거지?"

이번에도 모두 똑같이 고개를 끄덕였다.

"어쨌든 안 그러면 다들 어떻게 될지 알 테니……." JC가 덧붙였다.

나는 침을 꿀꺽 삼켰다. 에어록의 앙리가 다시금 떠올랐다. 방출 버튼을 누르기 전 일그러져 애원하던 그 얼굴이. 절대 난 그처럼 되지 않을 것이다. 더 얘기할 것도 없다.

식당은 몇 초 동안 다시 침묵에 잠겼다. 이어서 조금씩, 바닥을 긁는 의자 소리, 쓰레기통 뚜껑 여는 소리, 문 여는 소리, 멀어지는 발소리가 들렸다. 모두 자기 임무로 돌아갔다. 아니, 대부분이. 주이한과 알리스만 한 테이블에 앉아 움직이지 않았다. 두 사람 중 누구도 오늘 아침 대화에 끼지 않앉다. 마치 이 모든 게 그들 손 밖의 일이라는 듯, 아니면 어쨌거나 그들은 할 일이 없다는 듯. 나는 차마 다가가 말을 걸 용기를 내지 못하고, 남은 음식을 버린 뒤 식당을 나섰다.

편두통이 더 심해졌다.

9장

발을 질질 끌며 느릿느릿 우주선 복도를 걸었다. 누군가 조각칼을 대고 툭툭툭 두드려 대는 데 재미 들린 것처럼 두통이 두개골 아래 관자놀이를 뚫어 댔다. 벌써 긴 하루가 될 것 같았다. 걸을 때마다 지끈대는 머리를 이고 필터 청소를 하러 산소공급실로 향했다. 기계 앞에서 끝도 없이 한숨이 나왔다. 이 작업, 너무 지루하다. 배관에 들어간 쓰레기를 하나하나 치워야 한다. 편두통 때문에 이 단순한 동작조차 힘들어 몇 번이나 반복하고서야 다른 일로 넘어갈 수 있었다. 확실히 상태가 좋지 않았다. 어제와 마찬가지로 내가 바라는 건 딱 하나, 캡슐로 도로 들어가 여기서 일어나는 모든 일을 잊고 잠을 자는 것이었다.

원칙상 우리의 복무 기간은 2개월이 남은 상태였다. 하지만 우리는 하루빨리 이 사건을 해결하고자 본부로 귀환하기로 합의했다. 개인적으로 싫지 않은 결정이었다. 솔직히 이런 암울한 분위기에서 두 달이나 더 산다는 건 상상할 수 없는 일이었다. 폴루스로부터 떨어진 지난 3주가 영원처럼 느껴졌다. 최근 이틀은 특히 견디기 힘들었다. 그런데 그런 이틀을 몇십 번이나 더 견뎌야 한다고?

아니. 정말 확실히 뭔가 잘못돼 가고 있다. 내 모든 희망은 이제 닥터에게 달려 있다. 만약 닥터가 바이러스의 출처를 알아내면, 어쩌면 스켈드에서 박멸할 기회가 있을지 모른다. 어떻게 해서든 간에…….

오전은 천천히 지나갔다. 안 그래도 별로 재미없던 임무에, 새롭지만 그다지 달갑지 않은 외로움까지 더해졌다. 서로 떨어져 있으라는 새 규칙 때문에 크루원 간의 교류가 확 줄어들었다. 이제 복도나 방에서 누군가와 마주치면 겨우 인사나 나누는 게 전부였다. 대개 알았다는 눈빛 정도만 주고받고 서로 말하지 않는다. 집으로 돌아갈 때까지 정말 이렇게 살아야 하는 걸까? 원래 혼자 있는 것을 좋아하는 나도 벌써 이 상황이 갑갑하게 느껴졌다. 그래서 문자 메시지를 보내 보기로 했다.

어이, 여기 너무 조용해!   V

플라비우스   하하 친구

자넬   ☹

JC   뭐 하는 거야, V? 얼른 일해, 너 일 엄청 밀렸잖아

그리고 아무 대답도 돌아오지 않았다. 그만두자. JC 말이 맞다. 이런 속도로는 밤늦게나 일이 끝날 것이다. 게다가 메시지를 읽으려니 편두통이 더 심해졌다. 사, V. 집중하고 이제 진짜 일하자!

다음 임무는 의무실이었다. 의무실로 들어가서……. 잠깐, 그곳에서 지금 무슨 일이 진행되는 중인지 잊고 있었다. 의무실을 가로질러 드리운 커다란 방수천을 보고서야 닥터 그리고 레몽이 거기 있다는 것이 생각났다. 불투명한 천 뒤로 기계와 도구 소리가 들렸다. 불쌍한 레몽을 데리고 대체 뭘 하고 있는 걸까? 나는 신경 쓰지 않으려 애쓰며 내 임무에 집중했다. 그런데 몇 초 후 갑자기 의무실이 조용해졌다.

"스읍! V!"

닥터가 방수천 뒤로 머리를 살짝 내밀었다. 닥터의 하얀색 작업복이 피와…… 무엇인지 알고 싶지 않은 다른 액체로 얼룩져 있었다.

"무슨 일이야?"

내가 속삭였다.

"이리 와 봐, 할 말이 있어."

"미쳤어? 누가 보면 어쩌려고!"

"조심하면 되지."

나는 주위를 둘러본 뒤 체념하고 닥터에게 다가갔다. 바이저를 열지 않아도 돼 정말 다행이었다. 여기서 뭘 하는지는 몰라도 악취가 날 게 거의 분명했기 때문이었다.

"내가 뭔가를 발견했어."

닥터가 운을 뗐다.

"어떤 거? 바이러스 관련해서?"

"응. 근데 실은 바이러스가 아닌 것 같아."

"무슨 소리야? 그럼 뭔데?"

닥터는 내 우주복을 움켜잡고는 반투명 시트 사이로 끌어당겼다.

"내 생각에…… 외계인한테서 온 것 같아."

"외. 계. 인."

나는 좀비처럼 되풀이했다.

"그래, 알아. 충격이지!"

반쯤 놀라고 반쯤 질겁한 내 얼굴을 보고 닥터가 설명을 시작했다.

"폴루스에 도착했을 때 ― 인간들이 말이야 ― 실제로는 정말 아무도 없는 게 아니었어."

"무슨 말이야, '없는 게 아니었어'라는 게? 그러니까 폴루스에 누군가 살고 있었다는 얘기야?"

"응, 일부에. 그러니까…… 우리는 폴루스를 처음 발견해

점유한 쪽이 아니야. 간단히 말해서, 우리가 상륙했을 때 폴루스의 두 반구 중 한쪽에 이미 거주하고 있는 이들이 있었어."

"무슨 소릴 하는 거야, 닥터? 무슨 반구? 폴루스 절반은 우리가 도착하기 훨씬 전에 날아갔잖아!"

"어…… 꼭 그런 것만은 아니야."

닥터는 개척자들이 폴루스가 자신들이 상상했던 빈 행성이 아님을 알게 된, 그 뜻밖의 충격적인 사건을 이야기해 주었다. 폴루스의 절반에 이미 정착을 끝낸 개척자들은 남은 지구인들을 폴루스의 나머지 절반에 이주시키기로 했다. 하지만 그 나머지 절반에 다른 생명, 그러니까 외계인이 존재한다는 것을 알게 되면서 불행히도 계획이 바뀌었다.

폴루스에선 곧바로 인간 대 외계인의 전쟁이 일어났다. 결국, 행성의 50퍼센트 이상이 파괴되었다. 그리고…… 외계인들은 자신들의 땅에서 축출됐다.

나는 넋이 나가 버렸다. 학교에서 공식적으로 가르친 폴루스의 역사와 전혀 달랐다. 플라비우스가 했던 이야기와 음모론을 다시 생각해 보았다. 갑자기 바보가 된 기분이었다. 플라비우스를 괴짜로 여겼지만, 결국 가장 순진해 빠졌던 건 나 아닌가?

"폴루스 방어전과도 관계가 있는 거야?"

내가 물었다.

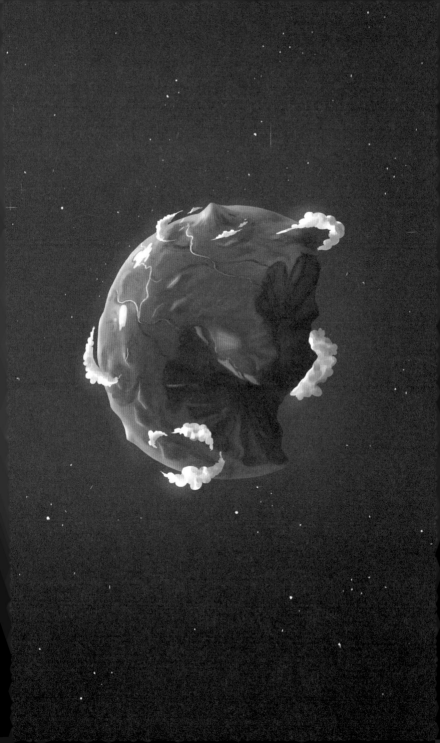

"맞아, 다 관련이 있지. 폴루스 절반이 폭발하기 전, 그때까지 거기에 살던 외계인 중 일부가 여러 우주선을 타고 도망쳤어. 여러 해 동안 그들 얘길 들은 사람은 아무도 없었지. 하지만 함대를 증강하고 재편하는 데 성공하자 그들이 폴루스를 탈환하려고 다시 돌아왔어."

"우리한테는 '우리' 행성이 무참히 공격받는다고 믿게 만든 거네."

"맞아, 전쟁이 필요하다는 지지 여론이 중요했거든. 사람들이 자원해 맞서 싸우겠다고 하게끔 외부의 위협으로 둔갑시켜야 했던 거야. 결국엔 그게 먹혔고. 몇 년 후, 외계인의 위협은 없어졌어. 우리의 대승리였지."

'대승리'. 이 말에 쓴웃음이 나왔다. 모든 이들에게 대승리는 아니었다. 이 전쟁 중 내 아빠들이 죽었다. 영웅이라고, 그때는 그렇게 생각했다. 지금은, 더 이상 확신이 서지 않았다.

폴루스는 우리의 행성이기보다는 외계인의 행성이었다. 편두통이 점점 심해져 구역질이 올라올 정도였다.

"괜찮아, V?"

닥터가 물었다.

"응, 응, 그냥…… 한번에 너무 많은 걸 알게 돼서……."

"그렇지, 미안."

닥터가 내 어깨에 손을 얹었다. 하지만 곧바로 손을 치웠다. 지난 번 '그 일' 이후 닥터와 처음으로 제대로 대화를 나눈 셈이다. 우리 사이에 분명 무언가가 달라져 있었다. 더는 예전과 같지 않았다. 가까운 건 여전했지만 따스함은 없었다. 몇 초간 침묵이 흘렀다.

"그런데 폴루스에 원래 살던 외계인과 레몽의 죽음 사이에는 어떤 관련이 있는 거야?"

내가 닥터에게 물었다.

"그게, 여러 정보를 크로스체크하면서 얻은 결론은 이거야. '스켈드는 외계인 우주선이었다. 전리품을 우리 필요에 맞게 대충 수리한 것이다.'"

엉터리 같은 설계의 이유를 알 것 같았다.

"그러니까 그동안 내내 외계인이 우주선 안에 숨어 있었다는 거야? 때를 노리고 있다가 우릴 죽이려고?"

"바로 그거야. 외계인들, 아니면 적어도 그중 살아남은 소수."

"하지만 어떻게? 다들 죽었을 텐데. 실은 아니었던 거야?"

"아직 모르겠어. 알아내야 할 것 중 하나야. 말처럼 그렇게 간단한 게 아니라고! 애초에 상상한 것보다 훨씬 발달한 뭐랄까…… 생물체인 것 같아. 근데 그들에 대한 정보가 심각하게 부족해. 언젠가 다른 생물체를 감염시킬 날을 기다리면서 '에너지 초절약' 모드로 돌입한 바이러스의 형태를 취했을 가능성이 있어. 일종의 생존 본능이지. 물론 아직까진 이론에 불과하지만⋯⋯."

나는 관자놀이를 주물렀다. 시간이 갈수록 두통은 심해졌다. 이 모든 정보를 머릿속에 억지로 집어넣으려던 것이 확실히 도움이 되지 않은 듯하다.

"오케이⋯⋯. 그러니까 정리해 보면, 우리가 타고 있는 이 우주선은 수십 년 전 점령한 행성 폴루스의 원래 주인인 외계인의 우주선이다. 그리고 그 외계인 중 하나나 그 이상이 어찌어찌해서 여기 살아남아 우리를 감염⋯⋯ 시키거나 경우에 따라서는 우리를 죽일 방법을 찾아냈다, 이거지. 근데 뭐 하러?"

"어떻게든 살아남으려고."

살면서 가장 긴 한숨이 새어 나왔다.

"JC한테는 얘기했어?"

"아니, 너 빼곤 아무한테도."

"왜?"

"V, 우리가 얘기하고 있는 이 개체는 인간의 몸을 점유하고, 숙주의 모습을 완벽하게 따라 하고, 우리를 감염시킬 수 있는 고도로 지능적인 존재야. 현시점에선 모두, 그게 누구이든 난 정말 더는 신뢰할 수 없어."

나는 침을 삼켰다.

"하지만 나한테는 얘기했잖아?"

"바보 같은 소리일지 모르지만, 넌 아직 내가 눈곱만큼이라도 신뢰할 수 있는 유일한 사람인 것 같아. 이전의 너를 아니까."

"닥터?"

"응?"

"닥터 말은 그 외계인들이 우리를 통해 퍼져나갈 수 있다는 거지?"

"그렇지."

"그럼 우리 중 이미 여러 명이 감염됐을 수도 있겠네?"

"그럴 수도 있지."

아마 닥터 말이 맞을 것이다. 그렇다면 이 이야기는 알려지지 않는 편이 나을 것이었다. 만약 바이러스에 감염된 크루원(들)이 이 사실을 알면 곧이어 벌어질 유혈 사태는 안 봐도 뻔했다. 만약 온전한 크루원(들)이 이 사실을 알게 된다면…… 그래도 결과는 마찬가지일 것이었다. 결국 우리는 서로를 죽일 것이다. 닥터에게 이제 어쩔 셈인지 물어보려는데 갑자기 의무실 문이 열렸다. 닥터는 내게 입을 다물라고 손짓했다. 이런 방수천 뒤에서는 모든 게 두루뭉술한 덩어리로만 보인다. 혹시라도 내 보라색 우주복이 티 나지 않기를……

"닥터? 잘돼 가?"

JC의 목소리였다.

"응, 응, 왜?"

닥터가 다른 일로 바쁜 것처럼 대답했다.

"아니, 그냥……."

JC가 잠시 말을 멈췄다.

"실은 할 말이 있어서. 좀 전에 잠깐 감시 카메라를 살펴봤는데 V가 이리로 향하는 걸 봤거든. 그런데 나오는 걸 못 봐서. 혹시 V 만났어?"

"V? 아마도. 좀 아까 작업하러 누가 들르긴 했는데, 그게 V였는지는 모르겠네. 어쨌든 오래 머물진 않았어. 날 귀찮게 하지도 않았고."

"오케이, 오케이. 고마워. 내가 카메라에서 놓쳤나 보네. 이거 물어보려고. 이따 봐, 파이팅!"

그리고 몇 초 후, JC가 의무실을 나갔다. 나는 닥터에게 나도 가 보겠다고 조심스럽게 사인을 보냈다. 나중에 어디 있었냐는 질문을 받고 싶지 않았다. 그러자 닥터가 내 팔을 붙잡으며 말했다.

"잠깐. JC도 그럴 줄 알고 네가 나가면 바로 붙잡으려고 복도에 숨어 있을걸? 좀 더 있어 봐, JC도 지치겠지. 자기도 의심스러워 보이고 싶진 않을 테고."

나는 닥터의 말대로 했다. JC에게 미움 사는 일은 어떻게든 피하고 싶으니까. 의무실에 몇 분 더 머무르는 동안 닥터가 또 다른 방수천 커튼 뒤에서 자기 일에 열중해 분주히 움직이는 모습을 지켜보았다. 닥터를 안 이래로, 규칙보다 본능에 귀 기울이는 모습을 보는 것은 이번이 처음이다. 단순해 보이는 이 생각이 나를 오싹하게 했다. 외계인은 우리 중에 몇 명이나 될까? 닥터는 정말 자기가 아는 모든 것을 내게 얘기해 준 걸까?

10장

조심스럽게 의무실을 나왔다. 식당을 지나 무기고로 향하는데 복도에서 인기척이 느껴졌다. 나는 식당 오른쪽 문 옆벽에 바짝 붙어 섰다. 눈에 띄고 싶지 않았다. JC라면 더더욱. 내가 의무실에서 나오는 길이라는 걸 JC가 알아채서는 안 됐다. 발소리가 점점 가까워졌다. 가슴 속에서 심장이 미친 듯이 뛰어 댔다. 발소리는 내게 아주 가까워졌다가 무기고 쪽으로 돌아서며 멀어졌다. 나는 호기심이 발동해 아무 소리 내지 않고 슬그머니 복도로 나갔다. 그때 주이한이 보였다. 주이한은 혼자 무기고로 들어갔다가 거의 곧바로 항해실 쪽 복도로 다시 나갔다. 주이한을 따라가 보기로 했다. 하지만 몇 초 후 되돌아오는 소리가 들렸다. 뭘 하는 거지? 들키지 않게 얼른 돌아가려 했지만, 어떻게든 나를 볼 수밖에 없겠다는 것을 깨닫고 막 식당에서 나온 것처럼 주이한 쪽으로 걸어갔다.

"안녕, 주이한. 괘…… 괜찮아요?"

질문은 진심이었다. 주이한의 행동은 어딘가 석연치 않은 것이 굉장히 이상했다.

내 말소리에 주이한이 깜짝 놀랐다.

"가까이 오지 마!"

주이한이 소리쳤다.

나는 그 말대로 즉시 멈춰 섰다. 주이한도 멈춰 섰다. 그리고 나를 뚫어지게 쳐다보았다. 빠르고 가쁜 호흡 탓에 주이한의 가슴이 불규칙적으로 오르내렸다.

"알리스는 어디 있어요?"

내가 별생각 없이 물었다.

"네가 무슨 상관이야? 알리스는 왜 찾는데? 꺼져!"

주이한이 소리치며 점점 더 위협적으로 내게 다가왔다.

"주이한, 나 무기고 가야 해요, 내 임무가⋯⋯."

"꺼지라고, 오지 말라고!"

주이한과 나 사이는 이제 몇 발자국 거리밖에 안 되었다. 나는 황급히 되돌아 식당으로 내달렸다. 무기고 일은 어쩔 수 없다. 다 돌고서 마지막에 할 수밖에. 식당에 들어서서야 한숨을 돌린 나는 테이블에 앉아 마음을 좀 진정시켰다. 머릿속은 여전히 불협화음의 연속이었다. 마치 오케스트라가 내 두 귀 사이에 자리 잡고 스테레오로 두드리고 왱왱거리는 것 같았다. 몇 초 동안 두 손으로 머리를 감싸 쥐고 눈을 감았다. 잠깐의 고요함. 짧은 시간 동안 이 모든 일이 감당할 수 없는 지경이 되어 버렸다. 닥터는 국가 기밀을 내 앞에서 털어놓고, JC는 감시 카메라로 나를 지켜보고, 주이한은 나를 보고 소리를 질러 대고……. 정말 미쳐 버릴 것 같았다. 휴식이, 잠이 필요했다. 이 모든 것을 소화할 시간, 그 시간만 갖고 나면 분명 괜찮아질 것이다.

괜찮아질 거야, 괜찮아질 거야, 괜찮아질 거야, 확신을 갖고 싶어서 계속해서 되뇌었다.

"V? V? V! 괜찮아? 일어나!"

누군가 내 어깨를 흔들어 나를 잠에서 끄집어냈다. 여전히 식당이었다. 내 앞에 걱정하는 표정을 짓고 자넬이 서 있었다.

내가 피곤한 눈으로 바라보자 자넬이 물었다.

"무슨 일이야?"

"아니……. 그냥 좀 졸았나 봐. 오래 자진 않았어, 정말이야!"

"아닌 것 같은데……. 뭐, 알았어, 어쨌든 너를 찾고 있었거든."

"나? 왜?"

"너, 너랑 얘기하고 싶어서."

"글쎄, 그게 좋은 생각일까. 누가 보면? JC가 감시 카메라를 기웃대던데, 아마 JC만 그러진 않을 거야."

"그래도 우리가 얘기하는 걸 막진 못할 거야! 삼 주 동안 그건 알았잖아. 자, 따라와."

"어디 가는데?"

"관리실."

"왜?"

"누가 우릴 발견하면 난 바로 나가고 넌 네 임무를 하든가, 하는 척하든가, 아무튼 그러면 되니까. 알리바이를 만들려고 그러지."

엄청나게 엉성해 보이는 얘기였지만 자넬을 따라나섰다. 자넬의 눈동자에서 평상시 같지 않은 불안을 읽을 수 있었기 때문이었다. 무언가 자넬을 무겁게 짓누르고 있었다. 나는 그게 무엇인지 알고 싶었다.

설사 그것이 우리 둘 모두를 위험에 빠트리게 되더라도. 뭐, 어쨌든 얘기를 나누는 게 문제될 건 없으니까!

관리실에 도착해 나는 데이터를 다운로드하려고 스테이션 앞에 앉았다. 자넬은 누군가 들어오면 곧바로 나갈 수 있도록 준비하고 조금 떨어져 자리했다.

"나한테 하고 싶은 말이 뭔데?"

내가 입구 쪽에 시선을 고정한 채 물었다.

"리비아에 대한 거야."

자넬이 털어놓았다.

나는 호기심을 느끼며 자넬에게로 시선을 돌렸다. 자넬은 여자친구인 리비아의 행동이 갈수록 이상해지는 것 같다며 말을 흐렸다. 그런 행동은 앙리의 유죄를 증명하려는 집착에서 시작됐다고 했다. 그날 리비아의 주장은 뜬금없이 튀어나온 것이었다고. 리비아는 앙리를 싫어하지 않았고, 벤트를 타고 다녔다는 얘기도 그저 여러 상황이 맞물려 생긴 결과일 거라고. 처음에는 앙리의 범죄 전력 때문에 리비아와 의견을 같이했지만, 이제는 리비아의 주장이 정말 타당했는지 확신이 서지 않는다고. 앙리를 방출시키려고 매섭게 몰아대던 리비아가 최근 회의에선 갑자기 그 방식이 불공정하다고 말을 바꾸기까지 했다고.

그리고 자넬은 말을 멈췄다. 하지만 느낄 수 있었다. 말투, 회피하는 시선, 만지작거리는 손가락에서 아직 말하지 않은 것이 있다는 것을. 하지만 얘기하기를 꺼린다는 것이 확연히 느껴져 더는 묻지 않기로 했다.

자넬이 자신의 의심을 내게 자발적으로 털어놓은 것으로 충분했다. 나도 닥터에게 들은 이야기를 자넬에게 얘기해 줘야 할까? 얘기하는 편이 마음이 더 편할 것 같았다. 하지만, 결국 생각을 바꿨다. 이런 폭로가 어떤 결과를 불러올지 알고 있었고, 나는 그 위험을 감수할 준비가 되어 있지 않았기 때문이었다. 자넬의 의심이 진심이라고 생각은 한다. 하지만 설령 자넬이 리비아를 믿지 않더라도 내가 해 주는 얘기를 리비아에게 가서 말하지 않으리라 확신할 수 없었다. 그래도 나 역시 비밀을 얘기해 주기로 했다. 주이한 얘기를.

"나도 이상한 걸 발견했어."

"아 그래? 리비아에 대해서?"

"아니, 주이한. 오늘 주이한 마주친 적 있어?"

"복도에서 아주 잠깐. 서로 얘긴 안 했어. 내가 안 멈추고 그냥 갔거든."

"난 좀 전에 주이한이 굉장히 이상하게 행동하는 걸 봤어."

"이상하게 어떻게?"

"무기고랑 식당 사이를 석연찮게 왔다 갔다 하더라고. 안에 들어갔다가 몇 초 만에 다시 나오고. 복도를 가다가 갑자기 마음을 바꿔서 되돌아가고."

"의도적으로 그러는 거 같아?"

"어쩌면."

"왜 그랬을까?"

"모르겠어. 어쩌면 누군가를 기다렸든가, 아니면 뭔가 이런 저런 작업을 하는 중인 것처럼 보이려 했었는지도 모르지."

"그냥 혼란스러워하는 것 같진 않고? 내 말은, 최근에 끔찍한 사건으로 남편을 잃었잖아. 어쩌면 애도가 시작된 것일 수도 있어. 애도엔 정해진 기준이란 게 없으니까."

"맞아. 가능해. 그래도 주이한과 단둘이 있게 되면 조심해. 내가 알리스는 어디 있느냐고 물었더니 날 위협하다시피 했어."

자넬은 내게 조심하겠다고 약속했고, 우리는 의심을 불러일으키지 않도록 이만 갈라지기로 했다. 자넬은 바로 관리실을 나갔고, 나는 몇 분 더 머무른 후 방을 나섰다.

나가는 길에 복도에서 JC를 마주쳤다. 우리는 몇 걸음을 두고 멈춰 서서 서로를 뚫어지게 쳐다보았다. JC는 아무 말도 하지 않았고, 나도 마찬가지였다. JC가 내게 감시 카메라로 본 것을 얘기할까? 의무실에서 무엇을 했는지 물어볼까? 이윽고, JC는 짓궂게 반짝이는 눈으로 나를 보며 활짝 웃고는 한마디도 하지 않고 가던 길을 계속 갔다. 나도 다시 가던 길을 갔다. 바이저에 임무 목록을 띄우자 긴 한숨이 나왔다. 아직 오늘 해야 할 일의 3분의 1도 못 끝냈다. 이따 변명하기 싫다면 서둘러야 한다. 여전히 편두통이 이마를 울려 댔지만 속도를 올렸다. 모두가 서로를 불신하기 시작했을 때, 평화를 방해받기 싫다면 흠 잡힐 일이 없어야 한다. 그러려면 임무부터 제시간에 완벽히 끝내야 한다. 가자, V. 할 일이 많아!

그래도 머릿속 한구석에선 경계를 늦추지 않기로 다짐했다. 만약 닥터가 말한 게 모두 사실이라면 모두가 위험한 상황이고, 위험한 존재였다.

자넬이 한 말은 사실일까? 리비아는 위협적인 존재일까? 주이한은 왜 이상한 행동을 했을까? 알리스는 어디에 있을까? JC는 왜 나를 감시할까? 그런데, 플라비우스는 뭘 하는 걸까? 몇 시간째 못 봤는데…….

11장

'JC의 새로운 규칙'이 적용된 이후 우주선에 감도는 이 이상한 분위기를 제외하면 모든 것이 거의 순조롭게 흘러가고 있었다. 고통에 시달리는 내 두개골에 선사할 가장 큰 위안이었다. 다음 날, 나는 가뿐하고 상쾌하게 잠에서 깼다. 편두통은 사라졌다. 저 위, 머릿속의 둥둥거림 없이 움직인다는 게 어떤 느낌인지 거의 잊고 있었는데. 머리가 아플 때마다 늘 이랬다. 이 두통이 결코 끝나지 않을 것 같다가도, 지나가고 나면 다시 살아 있음을 느끼고, 이것의 반복이었다. 반복, 또 반복. 이번에 되찾은 맑은 정신은 유익하게 써 볼 생각이다. 눈을 뜨니 내 캡슐이 어제보다 훨씬 더 선명해 보이는 것 같았다. 아직 이른 시간, 나는 식당을 향해 결연한 발걸음을 내디뎠다.

식당엔 예상대로 나 혼자뿐이었다. 이 시간엔 아무도 일어나지 않는다. 솔직히 그편이 내겐 더 도움이 됐다. 푸짐한 아침 식사를 전속력으로 해치웠다. 시간을 낭비할 수 없다(어차

피 케이크도 이제 다 먹고 없다). 그리고 신중히 오늘 하루를 위한 작전을 세웠다. 누구든 피에 굶주린 살인마로 바꿔 버릴 수 있는 바이러스와 한 공간에 갇혀 있는 상황이니까 방어 전략을 세우는 것이 무엇보다 시급했다.

닥터의 폭로 덕분에 다른 동료보다 크게 한발 앞서 있는 상황이기도 했다. 닥터가 준 정보와 내가 관찰한 것을 크로스체크해 빨리 범인을 밝혀낼 수 있다면 좋을 텐데(가능성을 완전히 배제할 수는 없지만 그래도 범인이 여럿은 아니었으면 하는 게 내 바람이니까). 그러려면 매우 철저히 조사해야 하고 어느 정도의 신중함이 필요하다. 스켈드에서 수행해야 할 임무 외에 상당히 많은 시간을 잡아먹는 작업이 될 것이다. 그래서 이렇게 일찍 일어난 것이다. 다른 크루원이 일어나기 전에 최대한 많은 임무를 끝내고, 이후에 그들의 일거수일투족을 몰래 감시하고 기록하려고 말이다. 물론…… 걸리지 않고. 나는 전에 없이 의욕적이 돼 소매를 걷어붙이고(말이 그렇다는 얘기다) 임무에 착수했다. 한 시간 반 후, 벌써 오늘 임무를 절반 넘게 완료했다. 여기저기 뛰어다닌 탓에 머리는 빙빙 돌았지만 나 자신이 자랑스러웠다. 잠깐 쉬기로 하고 창고를 지나 보안실로 향했다.

그제야 다른 크루원이 하나둘 일어나기 시작했다. 보안실로 가는 길에 나는 전기실에서 나오는 자넬과 상부 엔진실에서 원자로로 들어가는 플라비우스와 마주쳤다. 매번 우리는 간단한 손 인사만 주고받았다. 나는 바이저에 새 문서를 띄우고 마주친 사람의 이름, 마주친 시간과 장소를 꼼꼼히 기록했다. 또 긴급회의가 열리면 이 기록이 도움이 될지도 모른다.

보안실에 도착했다. 안에는 아무도 없었다. 조금 지친 나는 바퀴 달린 의자를 끌어당겨 모니터링 스크린 앞에 자리했다. 몇 초간 눈을 감고 숨을 돌렸다. 좀 편안해지고 나서 메인 화면에 얼굴을 가까이 대고 감시 카메라 화면을 띄웠다. 스켈드 내 감시 카메라는 총 네 대로, 현행법에 따라 통행 공간, 즉 복도만 비추며 녹화는 되지 않는다. 상부 엔진과 식당을 잇는 복도, 산소 공급실-항해실-무기고 사이 미로 같은 복도의 상당 부분, 식당-관리실-창고의 교차 지점, 보안실과 원자로를 잇는 사거리, 이렇게 네 곳을 볼 수 있다. 나는 여기 보안실로 접근하는 사람이 있는지 보려고 보안실과 원자로를 잇는 사거리를 특히 유심히 살펴보았다. 찔릴 건 전혀 없지만 그래도 누군가에게 들키고 싶지는 않았다. 불필요한 의심을 살 필요는 없으니까. 모니터들을 유심히 살피며 문서에 동료들의 사소한 왕래 하나하나까지 상세히 기록했다. 앨리스는 식당으로 올라갔고 몇 분 후 산소 공급실과 항해실에 다시 나타났다. 플라비우스는 의무실로 내려갔고 겨우 몇 초 머물다 되돌아갔다. 리비아는 창고를 자주 드나들었다. 당장은 이상할 게 없더라도 결국 이러한 행동은 의심을 불러일으킬 수 있다. 그렇게 나 스스로 부과한 임무를 수행하는 사이 30분이라는 시간이 흘렀다.

그때 식당과 상부 엔진실 사이 복도에 JC가 나타났다. JC의 검은 우주복이 빠르게 앵글 밖으로 나갔다 되돌아오더니…… 춤을 추기 시작했다. 아, 이런! 완전히 까먹고 있었다! 보안실에서 누군가 감시 카메라를 지켜보고 있으면 그 감시 카메라에 빨간 불빛이 깜빡인다. JC는 불빛이 깜빡이는 카메라를 보고 누군가 지켜보고 있다는 것을 알아챈 것이다. 만약 이 디테일을 신경 썼다면 다른 사람도 알아챘을지 모른다. 서둘러야 한다. JC가 당장 보안실에 들이닥칠 것이다. 여기 있는 것을 들키고 싶지 않다. JC도 보안실에서 감시 카메라들을 지켜본 적이 있긴 하지만 그와 똑같은 모습을 보이고 싶지는 않았다. 필요하다면 아무도 모르게 자신의 패를 버릴 줄도 알아야 한다. 다른 사람을 의심하는 것으로도, 의심받는 것으로도 보이고 싶지 않으니까. 나는 부리나케 모니터링 스크린을 닫고 보안실 밖으로 달려 나갔다. JC는 복도에 없었다. 하지만 발소리가 가까워져 오고 있었다. 나는 마구 달려 하부 엔진실 쪽으로 내려가서는 왼쪽으로 돌아 전기실로 들어갔다. 그리고 패널 앞에 앉아 전선을 만지는 척하며 숨을 골랐다. 휴, 아슬아슬했다.

평정을 되찾은 나는 기록 중이던 문서를 닫고 오늘의 임무 목록을 열었다. 보호막 제어실과 항해실 등 우주선 반대쪽 임무가 대부분이었다. 다시 길을 나서려는데 새로운 경고음이 우주선 안에 울려 퍼졌다. 그리고 바이저에 '원자로 용해'라는 짤막한 문장이 빨간색으로 깜빡였다. 말도 안 돼! 또 무슨 일이야? 원자로로 향하면서, 나는 예전에 받은 기초 교육의 내용을 떠올리려 했다. 원자로 용해 같은 고장은 드물고 위험하다. 그리고 지체할 시간이 없다.

기억에 따르면 이 고장을 수리하는 데 두 사람이 필요하다. 원자로 안쪽 두 곳에 위치한 디지털 스캐너에 각각 손을 갖다 대야 하기 때문이다. 동료들이 그리 멀지 않은 곳에 있기를, 그리고 평온하게 자기 임무를 계속하며 이 허드렛일은 다른 누군가가 하겠지 생각하고 있지 않기를! 본부에 떠도는 유명한 농담이 하나 있다. 크루원이 다들 딴 사람이 하겠지 생각하고 아무도 용해를 멈추지 않아 우주선이 어이없게 폭발하고 말았다는 얘기다. 그게 진짜인지, 아니면 교관들이 우릴 겁줘서 까먹지 않게 하려고 지어낸 얘긴지는 모르겠다. 아무튼 오늘 그 답을 알고 싶진 않다······.

원자로로 이어지는 복도에서, 원자로에서 막 나오는 리비아를 보았다. 날 보고는 되돌아서 다시 원자로 안으로 들어갔다. 몇 초 후 나도 원자로로 들어갔다. 알리스가 스캐너를 찾고 있는 것을 보고 그쪽으로 달려갔다. 스캐너가 어디 있는지 정확히 알고 있었기 때문이었다. 나는 곧 스캐너에 손을 올렸다. 리비아도 똑같이 했다. 경고음이 멈추기까지 몇 초를 남기고 원자로 용해가 저지되었다. 뒤돌아보자 자넬이 리비아에게 다가가고 있었고, JC에 이어 주이한이 곧바로 들어왔다. JC는 왜 저렇게 오래 걸렸을까? 보안실에 있다고 생각했는데. 여기 오기 전 누가 무엇을 하는지 감시 카메라로 보고 있었던 것은 아닐까?

"대체 이게 무슨 난리야?"

리비아가 가쁜 숨을 몰아쉬며 말했다.

리비아의 질문에 대답하고, 내가 여기 도착했을 때 보인 그 이상한 행동에 관해 묻고 싶었지만 그럴 시간이 없었다. 플라비우스가 원자로로 벼락같이 들이닥쳤다.

"다 끝났는데도 여전히 여기 모여 있네, 달라진 게 없어! 이 많은 사람이 이렇게 좁은 공간에 모여 있는 거, 새 규칙이랑 좀 안 맞는 거 아니야?"

플라비우스가 어깨를 으쓱하며 비꼬듯 말했다.

"플라비우스 말이 맞아. 해산!"

JC가 수긍하며 말했다.

JC의 보스 행세가 피곤하게 느껴졌다. JC도 좀 느꼈으면 좋겠지만 그냥 참기로 했다. 그런 식으로 시선을 끌어 봤자 좋을 것 없으니까. 다들 자기 임무로 되돌아가는 사이 나는 조심스럽게 내가 본 것들을 문서에 기록했다. 리비아의 이상한 행동, 현장에 있던 알리스, 자넬, 주이한, 바로 옆에 있었음에도 늦게 도착한 JC, 그리고 JC보다 더 늦은 플라비우스. 플라비우스는 우리의 생존에 별 관심이 없는 것일까? 닥터의 불참도 기록했다. 닥터가 더 중요한 임무를 맡아 자신의 임무에서 일시적으로 배제되었다는 것을 알고 있었지만 그래도 최대한 철저하게 기록하기로 했다. 악마는 디테일에 있다는 말도 있지 않나? 그 말이 맞는다면 나는 숨어 있는 그 악마를 누구보다 잘 찾아낼 수 있을 것이다!

메모를 끝내고 원자로를 나가니 복도는 텅 비어 있었다. 보안실에서 배선을 수리하느라 바쁜 플라비우스만 보였다. 나는 보호막 제어실로 가려고 하부 엔진실과 창고를 지나갔다. 창고에서는 JC와 자넬이 임무를 수행하느라 분주한 모습이었다.

보호막 제어실에 도착해 콘솔 앞에 앉아 보호막 부팅을 시작했다. 스크린을 터치하는데 철컥 소리가 들렸다. 뭐지? 나는 조금 당황해 서둘러 작업을 끝내고 보호막 제어실 안을 샅샅이 살폈다. 다 정상인 것 같은데……. 적어도 다음 임무를 수행하려고 보호막 제어실을 나가려 하기 전까지는 그랬다. 문을 열려고 하다가 이곳의 모든 문이 잠겼다는 것을 알았다. 나는 아무 문이나 달려가 손으로 잠금을 해제하려 했다. 헛수고였다. 문은 움직이지 않았다. 나는 크게 소리치며 차가운 금속 문을 부서져라 두들겨 댔다. 어쩌면 누군가 내 소리를 듣고 문을 열어주지 않을까? 하지만 헛수고였다. 보호막 제어실의 문은 재난 상황이 닥치면 밀폐되도록 설계됐다. 바깥까지 소리가 들릴 리 없었다. 나는 관자놀이를 주무르며 상황을 정리하고 해결책을 찾아보려 했다.

쿠릉, 쿠릉, 쿠릉.

제길, 또 뭐지? 무슨 소리인지 확인하려고 재빨리 몸을 돌렸다.

쿠릉, 쿠릉, 쿠릉.

이미 내 가슴과 머리까지 울려 대는 소리가 나에게 가까워지는지 멀어지는지 전혀 알 수 없었다. 하지만 어디서 나는 소리인지는 의심의 여지가 없었다. 벤트다. 대체 누가 이 소리를 내는 걸까?

쿠릉, 쿠릉, 쿠릉.

벤트는 돌아다니기엔 너무 좁은데……. 바이러스가 감염

자의 신체 능력에도 영향을 미칠 수 있다면 모를까. 여기서 나가면 닥터에게 물어봐야겠다.

삼키지 않을 수 없을 만큼 침이 나와 목구멍을 메웠다. 벤트관에서 나는 소리가 멈춘 잠깐 사이, 나는 어떻게든 정신을 차리려 애썼다. 이 빌어먹을 문은 왜 잠긴 거지? 여기 얼마나 더 갇혀 있어야 하지? 그렇게 길고 긴 1분이 지났을 때 벤트 바로 안쪽에서 다시 한번 소리가 들렸다.

쿠릉, 쿠릉, 쿠릉.

당황한 나는 어떻게든 몸을 숨기려 애쓰며 벤트에서 최대한 멀리 떨어졌다. 저 안에 숨어 있는 게 무엇이든 저기서 나왔을 때 제일 먼저 마주치는 생명체가 내가 되고 싶지는 않았다. 그렇게 1분인가 2분이 지나자 소리가 희미해지다 다시 멈췄다. 나는 숨어 있던 곳에서 조심스럽게 흘끗 밖을 내다보았다. 내 상상 속에서 일어난 일인 건가? 닥터의 말대로 외계인들이 벤트관 안을 돌아다니는 게 아니면 내가 미쳐 가는 것일 테다. 지금은 다시 원래대로……

철컥!

나는 소스라치게 놀랐다. 하지만 금세 안심했다. 문의 잠금장치가 풀리는 소리였다. 휴. 드디어 이곳을 나갈 수 있게 됐다! 천천히 몸을 일으키고 혹시나 우주복이 어디 걸려 찢기진 않았는지 확인하며 주름을 폈다. 다 괜찮아 보였다. 하지만 아직 끝난 게 아니었다. 그곳을 채 나서기도 전에 새로운 경고음이 울렸다. 바이저에 '통신 기기 고장'이라는 메시지가 떴다. 그리고 더는 인터페이스에 접속되지 않았다. 임무 목록, 서류, 모든 게 사라져 버렸다. 이건 또 뭐지? 오늘 아침부터 누가 사보타지 하는 거야?

뭐가 어떻든 할 일은 단 하나, 최대한 빨리 통신실로 가서 통신 기기를 수리하는 것이다. 황급히 복도로 달려 나가다가…… 곧장 바닥에 고꾸라지고 말았다. 무언가에 걸려 넘어졌다. 겨우 일어나서 무엇에 발이 걸린 것인지 돌아보았다. 그리고 내가 본 것은…… 충격이었다. 비명을 내지르고 싶었지만 너무 충격적이어서 목구멍에서 아무 소리도 나오지 않았다. 가장 먼저 눈에 들어온 것은 피였다. 사방이 피였다. 시체에, 벽에, 바닥에, 내 우주복에도. 본능적으로 나는 바이저에서 '신고' 버튼을 찾았다. 하지만 사보타지 때문에 모든 통신이 차단된 상태였다. 빨리 결정을 내려야 했다. 다른 사람이 원자로에 곧 도착할 것이고, 우주복에 피 칠갑을 한 채 시체 옆에 있는 나를 보게 될 것이다. 주변을 살피니 복도에는 아무런 인기척도 없었다. 그때 알았다. 서두르다가 출구를 헷갈린 것이었다. 보호막 제어실에서 원자로로 가는 쪽 문으로 나왔어야 했는데 내가 있는 곳은 항해실로 이어지는 복도였다. 이제 어떻게 해야 할지 망설여졌다. 여기 시체를

두고 피를 뒤집어쓴 채 누가 보든 말든 통신 기기를 수리하러 갈까? 아니면 시체 옆에 꼼짝 않고 있는 나를 누가 보든 말든 여기서 기다리고 있다가 신고할까? 아무래도 상관없었다. 누가 보든 난 완벽한 범인이었다. 도망칠 수도 있을 것이다. 하지만 도중에 누군가와 마주치기라도 한다면, 내가 도망쳐 온 그곳에서 시체를 발견한다면…… 끝장이었다. 그러나 오래 고민할 시간도 없었다.

몇 초 지나지 않아 바로 통신 기기가 복구되었기 때문이다. 여전히 문제는 남아 있었다. 시체를 신고하느냐, 아니면 도망치느냐? 나 혼자 있을 때 잠긴 보호막 제어실의 문, 벤트관에서 나던 소리, 사보타지가 일어나고 거의 곧바로 복구된 통신 기기, 누군가 내가 나가는 것을 보았을지도 모를 보호막 제어실, 감시 카메라가 비추지 않는 문 바로 앞에서 발견된 시체……. 분명했다. 누군가 내게 뒤집어씌우려 하고 있다.

방어책이 필요한 순간이다.

12장

 식당에 크루원이 하나둘 도착하기 시작했다. 실은 별로 망설이지 않고 시체를 신고했다. 나는 모두 모이기를 기다리면서 감정을 추슬렀다. 지금 입을 열어 봤자 나올 건 구토뿐이었다. 조금 전부터 뱃속과 머릿속이 완전히 뒤집어졌다. 이런 건 어떻게 알려야 하는 거지? "다들 안녕, 귀찮게 해서 미안한데 내가 방금 어떤 시체에 걸려 넘어졌어"라고 하면 되나? 몇몇이 내 앞에서 눈을 동그랗게 뜨고 나를 바라보고 있었다. 잊고 있었는데 내 우주복에는 채 마르지 않은 피 얼룩이 여기저기 묻어 있었다. 몇몇의 표정을 보니 토하고 싶은 사람은 나 혼자만이 아니었다. 일곱 명이 모이고 나서 나는 고개를 들고 가슴을 편 뒤 시선을 모두의 머리 위, 저 멀리 한 점에 고정했다.

 "무슨 일이 일어난 건지 말 안 할 거야?"

 리비아가 참지 못하고 말했다.

 "우주복에 그 피는 다 뭐야?"

플라비우스가 물었다.

"엄마는 어디 있어?"

알리스가 걱정하며 물었다.

알리스. 완전히 잊고 있었다. 주이한의 시체를, 아니, 적어도 그렇게 보이는 것을 발견했을 때도 난 알리스를 떠올리지 못했다. 단 한 번도.

정신을 어디에 두고 있었던 거지? 지난 몇 분 동안 철저히 준비한 말들이 단숨에 날아가 버렸다. 내 아빠들이 죽었다는 얘기를 들었던 그때가 떠올랐다. 차갑고, 냉담했다. 미라에서 나온 한 남자가 우리 집으로 와서 마치 내가 그 간단한 얘기도 이해 못 하리라는 듯 이런저런 비유를 들어 가며 이야기해 주었다. 내 아빠들은 죽었다. 왜 어른들은 이 말을 그렇게도 어려워했을까? 오늘, 어린 알리스를 앞에 두고서야 상황의 복잡성을 깨달았다. 아이에게 다시는 부모를 볼 수 없을 거라고 이야기하는 역할을 맡고 싶은 사람은 아무도 없을 것이다. 알리스에게 해 주고팠던 모든 말들이 목구멍에 걸려 나오지 않았다. 이 상황에 딱 맞는 말이란 게 존재하긴 할까, 궁금할 지경이었다. 알리스의 가늘고 맑은 눈이 나를 올려다보았다.

"엄마도 죽은 거야? 우주복에 묻은 거 엄마 피야?"

또다시 내 대답은 목에 걸린 채 내 입술을 넘지 못했다. 나는 고개를 끄덕였다.

"응. 유감이야."

나는 겨우 말을 뱉었다.

알리스는 입술을 오므리고 이를 악물었다. 두 볼과 눈은
빨개졌고, 허공을 응시한 채 아무 말도 하지 않고 울지도 않
았다. 하지만 나는 알리스의 아픔을 알았다. 느낄 수 있었다.
그것이 무엇인지 알기 때문이었다. 이내 자넬이 다가가 두
팔로 알리스를 안았다. 알리스의 얼굴이 자넬에 가리어 더는
보이지 않았다. 어쩔 줄 몰라 하면서도 안쓰러움을 느낀 플
라비우스가 알리스의 어깨를 서툴게 두드렸다. 그 뒤로, 입
술을 깨무는 닥터의 심각한 표정이 보였다.

"그러니까 바이러스가 여전히 존재한다는 얘기네. 그리
고…… 그리고 앙리는 무고했을 수도 있고."

자넬이 알리스를 안았던 손을 풀며 말했다. 자넬은 두 손
으로 헬멧을 감싸고 침묵에 잠겼다. 모두의 시선이 내 입에
집중됐다.

"통신 기기 사보타지 때 시체를 발견했어. 최대한 빨리 너
희에게 알린 거야."

"왜 너한테 여기저기 주이한의 피가 묻어 있는 거야?" 리
비아가 의심에 차 물었다.

"경고음이 울렸을 때 서둘러 나가느라 주변을 둘러보지 못

했어. 그래서…… 넘어졌어."

"주이한의 시신을 밟은 거야?" JC가 기겁하며 외쳤다.

"아니, 난, 그러니까…… 미끄러진 거야! 피가 곳곳에 있었어, 정말이지 끔찍……."

알리스를 떠올리며 추잡한 자초지종까진 얘기하지 않기로 하고 말을 멈췄다. 알리스가 그것까지 알 필요는 없으니.

"그게 어디였는데?" 플라비우스가 물었다.

"보호막 제어실 출구. 위쪽 문."

"사보타지는 원자로에서 일어났는데 그쪽으로 왜 간 거야?" 리비아가 말했다.

내가 염려하던 게 바로 이 주장이었다. 당연히, 리비아 말고 또 누가 이걸 물고 늘어지겠어?

"서두르다가 출구를 헷갈렸어."

"아하, 그러니까 마치 우연처럼!" 리비아가 외쳤다.

"무슨 뜻이야?"

"넌 네가 몇 분간 처박혀 있던 방 '바로' 앞에서 시체를 발견했어. 게다가 그쪽은 네가 갈 이유가 전혀 없는 쪽이었고!" 리비아가 말했다.

"난 처박혀 있던 게 아니야. 갇혀 있던 거라고! 둘은 엄연히 달라!"

"그래? 그럼 가둔 건 누군데? 거기 문은 원격으로 잠글 수 있는 문이 아니야!"

"통신 기기에 사보타지를 건 사람이야. 그러니까…… 그 사람일 거야."

리비아는 한숨을 쉬고는 내 말은 들은 척도 하지 않았다.

"네 이론은 뭔데?" JC가 내게 물었다.

"내 생각엔 누군가 범죄를 저지르는 동안 보호막 제어실에 일부러 날 가둔 것 같아. 그다음 통신 기기를 사보타지 해서 신고를 방해했어. 그리고 바로 앞에서 시체가 발견될 그 방에서 내가 나가게 만드는 방식으로 날 난처한 상황에 빠트린 거야. 생각할수록 정말 지능적이야. 진짜 범인에게는 안된 일이지만 내 말도 안 되는 방향 감각 때문에 범인의 계획에 차질이 빚어졌을 거야."

"얘기가 좀 거창한 거 같은데." 플라비우스가 말했다.

"아니면 범죄를 저지르려고 '네가' 문을 닫은 거고 그동안 아무도 시체를 신고할 수 없게 해서 빠져나갈 시간을 벌려고 '네'가 통신 기기에 사보타지를 건 거겠지. 너에겐 안된 일이지만 내가 통신실 바로 옆에 있던 바람에 통신 기기를 아주 빨리 수리할 수 있었고." 리비아가 말했다.

"통신 기기를 수리한 게 너야?" 내가 물었다.

"그럼. 알리스가 확인해 줄 거야. 나보다 조금 늦게 도착해서 내가 수리하는 걸 봤으니까."

"어떻게 그렇게 빨리 도착한 거야? 사보타지가 걸린 시간은 몇 초밖에 안 되는데."

"임무가 있어서 거기 가는 중이었어."

"아하, 그러니까 마치 우연처럼!" 내가 빈정대듯이 말했다.

"무슨 뜻이야?"

"아냐, 아냐……. 근데 보호막 제어실 문이 잠겨 있던 건 어떻게 알았지?"

"안에 들어가려고 했는데 들어갈 수 없었으니까!" 리비아가 항변했다.

"거기서 뭘 하고 있었는데?"

"항해실에서 창고에 가려고 내려가고 있었어. 그런데 보호막 제어실이 잠겨 있어서 돌아가야 했어." 리비아가 답했다.

"아니면 네가 일부러 보호막 제어실의 문을 잠갔을 수도 있지. 그리고 바로 앞에서 시체가 발견될 그 방의 문이 다시 열리자마자 내가 빠져나가리란 걸 알고 네가 딱 몇 초 동안만 통신 기기에 사보타지를 건 거고."

"몇 초 만에 해제하려고 사보타지를 걸었다고? 말이 되는 소리를 해, V!" 리비아가 소리쳤다.

"아, 진짜! 내가 범인이면 우주복에 피를 잔뜩 묻힌 채로 다들 여기로 부르겠어? 말도 안 되지!"

"나야 모르지, 네가 멍청한가 보지."

"네가 말한 그 교활한 계획을 세울 만큼은 똑똑해도 그걸 들키지 않을 만큼 똑똑하진 않다고? 야, 몰아붙이려면 좀 일관성 있게 몰아붙여!"

"잠깐, 잠깐!" JC의 목소리가 식당 안에 울렸다. "다시 침착하게 얘기해 보자, 오케이? 확실한 건 우리 중 적어도 한 명은 이 고약한 바이러스에 감염됐다는 거야. 이제 다음 단계를 생각해야 해. 만약 감염 안 된 사람을 방출하면 우리 모두 매우 큰 위험에 처하게 될 거야. 투표를 건너뛰는 건 어때?"

"뭐라고? 여기 누군가가 두 건의 살인을 저질렀는데, 그 살인자를 그냥 내버려 두자고 그렇게 아무렇지도 않게 제안하는 거야, 지금?" 리비아가 화를 내며 말했다.

"아, 난 네가 '치료제찾아아무도죽이지말자' 팀인 줄 알았는데?" 내가 말했다.

"상황이 조금 달라졌으니까." 리비아가 변명했다.

"아, 그래?"

"솔직히 말하는데 난 죽고 싶지 않아. 그러니까 감염자를 갖다 바쳐서 살 수 있다면, 난 찬성이야." 리비아가 말했다.

"그러니까, 나를 바치자는 거야?" 내가 물었다.

"그럴 수도 있고."

"지난번, 네가 누군가를 격하게 몰아붙였을 때도 딱 그렇게 됐었지. 기억하고 있어."

"그것도 이유라고 갖다 붙이는 거야?" 리비아가 흥분해서 말했다.

"아냐, V 말이 맞아. 넌 말을 자꾸 바꿔. 일관성이 별로 없다고!" 플라비우스가 끼어들었다.

"누가 너한테 물어봤어? 오늘 네가 무엇을 했는지 여기 아는 사람이 아무도 없는데? 사보타지 때는 항상 제일 늦게 나타나고, 남는 시간엔 복도에서 어슬렁거리고, 임무 중 절반은 늘 끝내지도 못하고." 리비아가 플라비우스를 보고 말했다.

"또 그 얘기네. 내가 무능한 크루원이긴 하지만 그렇다고 날 용의자로 만드는 건……. 그래, 난 단점 많고 게을러. 하지만 살인자는 분명코 아니야!" 플라비우스가 최선을 다해 결백을 주장했다.

"리비아, 너 의심받기 싫다고 다른 사람들 걸고넘어지는 짓 좀 하지 마!" JC가 끼어들었다.

"왜 안 되는데? 잘 생각해 보면 너희들 모두 의심 갈 만한 행동들을 했는데. 먼저 너!" 리비아가 JC를 가리켰다.

"아, 그러셔?"

"그래. 넌 항상 보안실에 있으면서 '바로' 옆에서 원자로가 오용해됐는데도 수리하러 제일 먼저 오지도 않았어."

"별소리를 다 듣겠네……." JC가 중얼거렸다.

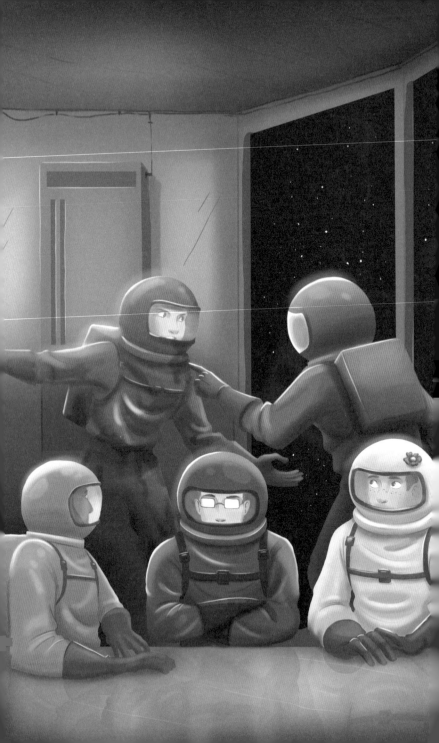

"하지만 걱정 마. 너 혼자가 아니니까. 닥터는 대체 뭘 하는 건지도 의심스럽지. 생각해 보면, 닥터가 거의 밤낮으로 의무실에 틀어박히기 시작한 후로 뭘 하는지 아무도 모르잖아."

닥터가 대답하려 했지만 리비아가 내버려 두지 않았다.

"알리스도 왜 사보타지 순간에 항상 거기 있는지 설명해 보라고 할 수 있지."

"리비아! 너 진심이야? 이 모든 일을 겪고 나서도 알리스를 걸고넘어지는 거야?" JC가 소리쳤다.

"글쎄, 난 그렇게 생각 안 해, 플라비우스. 난 한 사람 한 사람의 이상한 행동을 지적하는 것뿐이야." 리비아가 답했다.

"자넬은?" 내가 리비아에게 물었다.

"난 자넬을 믿어."

"운이 좋네, 자넬은. 그럼 리비아 넌?" 내가 물었다.

"나 뭐?"

"네 의심스러운 행동 말이야."

"무슨 말이야?"

"원자로가 용해될 때 네가 거기서 나오는 걸 봤어. 날 보고 잽싸게 뒤돌아서 도로 들어갔잖아. 왜?"

"원자로에 아무도 없는 걸 보고 나간 거였어. 용해를 멈추려면 두 명이 필요하니까, 누군가를 찾으려고 했던 거라고."

"거짓말! 알리스가 거기 있었어."

"난…… 난 알리스를 못 봤어. 진짜야."

"역시나 통신 기기 사보타지 현장에도 네가 제일 먼저 와 있었어!"

"우연의 일치일 뿐이야."

"그럼 자넬이 네가 며칠 전부터 달라지고 이상해졌다고 생각하는 건, 그것도 우연의 일치야?"

"뭐…… 뭐라고?"

당혹감으로 가득 찬 리비아의 시선이 자넬과 나 사이를 오갔다. 자넬이 우리 쪽으로 다가온 모양이다. 죄책감으로 가득 찬 자넬의 두 눈 아래로 눈물이 깊은 고랑을 만들며 흘러내렸다. 나를 보는 자넬의 시선은 이해할 수 없다고 말하고 있었다. 말이 너무 빠르게 튀어나왔다. 내가 얼마나 어리석었는지 깨달았다. 나를 믿고 내게 비밀을 털어놓았던 건데, 나는 리비아를 동요시킬 생각만으로 자넬을 배신했다. 그것도 모두의 앞에서.

"자넬, 저게 무슨 말이야?"

가엾은 자넬은 대답하지 못했다.

"젠장, 자넬, 저게 무슨 말이냐고!"

리비아가 격분하며 자넬에게 달려갔다.

리비아가 자넬의 팔을 잡자 마침내 자넬이 입을 열었다.

"맞아, 리비아. 내가 V에게 털어놨어. 며칠 전부터 네가 낯선 사람 같아. 이를테면 이런 거!"

자넬이 리비아가 꽉 잡고 있던 팔을 빼내며 소리쳤다.

"그래서, 너도 날 범인이라고 생각해?" 리비아가 맥이 풀린 목소리로 물었다.

"나도 모르겠어, 리비아. 의심이 가는데 어떻게 생각해야 할지 더는 모르겠어."

바로 그때, 투표 카운트다운이 시작됐다. 단 몇 초 안에 선택해야 한다. 리비아는 머릿속에 떠오르는 모든 의문에 대한 대답이 자넬의 표정에서 나온다는 듯 말없이 자넬을 마주하고 있었다. 내 시선은 닥터에게로 향했다. 닥터의 시선은 나를 향하고 있었다. 닥터의 표정에서 자신이 발견한 것을 공개하지 않기로 한 결심을 읽었다. 나도 닥터의 뜻에 따르기로 했다. 우리만 알고 있는 편이 더 유리할 수 있다. 그리고 우리 두 사람이 뭉치면 투표 결과를 움직일 수도 있다. 오늘은 물론 다음번에도.

"이제 어떡해?"

플라비우스가 물었다.

증오 섞인 분노에 사로잡힌 리비아에게로 모두의 시선이 쏠렸다.

"그래서, 이제 됐어? 다 끝난 거야? 날 없애는 거야? 자넬, 젠장. 저 얼간이한테 왜 그런 말을 한 거야? 네가 털어놓은 비밀을 나 무너뜨리는 데 쓰는 거 안 보여? 네 믿음을 가지고 노는 거 안 보이냐고!"

리비아는 분노를 터트리며 위태롭게 자넬에게 다가갔다. 리비아가 폭력적으로 변하지 못하도록 플라비우스가 둘 사이를 막아섰지만 리비아의 화만 더 키울 뿐이었다. 리비아의 목소리가 식당 안에 울렸다. 두서없는 말은 자꾸 끊겼고, 목이 메어 우는 바람에 무슨 말을 하는지 아무도 알아들을 수 없었다.

카운트다운은 계속됐다. *5, 4, 3, 2, 1……*.

13장

결과 계산

진행 중

바이저에 투표 결과가 차례차례 표시됐다. 그리고 최종 결과가 나왔다. 리비아 6표, 나 1표. 그렇다면 자넬은 자신의 여자 친구에게 투표한 것이었다. 이를 깨달은 리비아의 얼굴이 분노로 일그러졌다. 자넬에게 달려드는 리비아를 플라비우스와 JC가 저지했다. 리비아는 절규하며 신들린 사람처럼 몸부림쳤다. 남자 크루원이 힘을 합쳐야 제압할 수 있었다. 리비아의 분노는 제일 먼저 자넬에게로 향했다.

"왜? 왜 그랬어? 어떻게 네가 그럴 수 있어? 자넬! 이유를 얘기해 봐! 누가 널 그렇게 만든 거야? 말해! 젠장, 자넬, 말해 봐! 나라면 네게 절대 이런 짓 안 했을 거야. 난 우리가 서로를 믿는다고 생각했어. 넌 날 배신…… 배신했어."

그러고는 자넬에게 욕설을 퍼부었다. 겁을 먹은 자넬은 울며 딸꾹질을 하느라 더 대답할 수 없었다. 그때, 리비아의 목소리가 부드러워졌다.

"자기, 내가 사과할게. 미안해. 자기 탓이 아닌 거, 분명 그러고 싶지 않았을 거란 거 알아. 용서할게, 자기. 모두가 자길 이용한 거야. 저들이 자길 들쑤셔 놓은 거라고, 괜찮아. 난 결백해, 정말이야. 자기, 날 봐, 제발. 제발."

자넬은 쳐다보지 않았다. 그럴 수 없었다. 그저 리비아로부터 몇 미터 떨어져 말하지도, 움직이지도 못한 채 얼어붙어 있었다. 리비아의 분노가 다시금 일었다.

"쟤야? 저 새끼가 네 머릿속에 그 생각을 집어넣은 거야? V, 죽여 버릴 거야. 젠장, 죽여 버릴 거라고."

이젠 리비아의 관심이 나로 옮겨졌다. 리비아는 내가 자넬이 그렇게 투표하게 만든 배후조종자라고 비난했다. 내가 감염자이고, 내가 임포스터라고 떠나갈 듯 소리쳤다. 내게 다른 의도가 있다고, 모두의 뒤통수를 치려고 뒤를 캐고 다닌다고, 내가 종일 메모하고 다니는 걸 봤다고 모두에게 일렀다.

"뭐 하려고, V? 거기다 네 계획을 다 적어 놓은 거야? 보여 줘 봐, 자신 있으면 뭘 썼는지 보여 보라고! 나 다음은 누구야? 어? 얼른 말해 보라고, V!"

다그치는 리비아를 앞에 두고, 나는 무슨 소리인지 모르겠다는 듯 어깨를 으쓱했다. 숨길 건 없었지만 사람들이 리비아의 말에 티끌만큼이라도 진실이 있다고 생각하게 만들고 싶지 않았다. 난 아무런 대답 없이 폭풍이 지나가길 기다렸다. 표정들을 보아하니, 다들 리비아의 얘기를 그다지 믿지 않는 분위기였다. 우리는 모두 리비아가 범인이라고, 감염자가 맞다고, 우리가 옳은 선택을 한 거라고 마음을 다잡고 있었다. 그것 말고는 다른 위안이 없으니. 내가 아무런 반응이 없자 리비아는 다른 희생양을 찾기 시작했다. 이번엔 조금 전부터 리비아를 제지하려고 애쓰고 있는 플라비우스가 분노를 터뜨릴 대상이 되었다.

"야 너, 신입! 내가 너 수작 부리는 거 못 본 줄 알아? 내여친한테 홀딱 빠진 거 똑똑히 봤다고. 그래서 날 없애 버리고 싶었냐? 자넬을 혼자 차지하고 싶어서? 근데 아무 소용없단다, 꼬마야. 자넬은 절대 널 원하지 않을 거니까."

리비아가 바이저를 올리더니 플라비우스의 헬멧에 굵은 가래침을 뱉었다. 플라비우스는 역겨움에 흠칫 뒤로 물러서며 리비아를 놓아주었다. 그 순간 리비아가 JC를 떠밀고는 자넬의 발치로 달려갔다.

"자넬, 난 결백해, 맹세해……."

플라비우스는 헬멧을 닦고 JC와 다시 한 번 리비아를 붙잡았다.

"자자, 이제 그만하고 가자."

JC가 조용히 말하고는 리비아의 등을 밀었다. 리비아가 더욱 격렬히 울부짖으며 무어라 소리쳤지만 더는 알아들을 수 없었다. 자넬도 그들을 따라 달려 나갔다. 나도 자넬을 따라나서려다 알리스를 돌아보았다. 알리스를 혼자 두고 싶지 않았다. 그때 닥터가 내게 가 보라고, 돌아올 때까지 자신이 알리스와 있겠다고 손짓했다. 나는 에어록으로 이어지는 복도로 달려 나갔다.

그리고 꽤 빨리 자넬을 따라잡았다. 우주복 안에서 떨면서 울고 있는 자넬의 모습이 보였다. 자넬의 어깨를 감싸며 무슨 말이든 해 주려 했다. 먼저 말을 꺼낸 건 자넬이었다.

"V, 우리가 틀린 것 같아? 내가 뭘 한 거지?"

자넬이 붉게 부어오른 두 눈으로 나를 바라보며 물었다.

"모든 증거가 리비아를 가리키는 것처럼 보이잖아."

내가 중얼거렸다.

내가 지금 우리 둘 중 누구를 설득하려 하는 것인지 알 수 없었다. 리비아의 수많은 이상한 행동, 툭하면 발끈하는 성질, 자신이 궁지에 몰리면 아무나 몰아붙이는 방식, 이 모든 것이 리비아가 결백하지 않다고 생각하게 했다. 하지만 그래도 여전히 틀릴 가능성은 있었다. 반박할 수 없는 증거나 목격자가 없으면 아무것도 확신할 수 없다. 하지만 내 안의 이 의심을 말하진 않았다. 대신 너도 리비아를 이상하다고 생각하지 않았느냐고, 우리가 만장일치로 투표했다고, 리비아가 아니라면 누구겠느냐고 구실을 대며 자넬을 안심시키려 했다. 자넬은 조금 진정된 것 같았다. 적어도 더는 눈물을 흘리지 않았고, 더는 질문을 퍼붓지 않았다. 자넬은 우리 앞에서 어렵사리 걸음을 옮기고 있는 세 크루원에 시선을 고정한 채 허리를 굽히고 나아갔다. 리비아는 계속 소리를 질렀다.

자넬과 내가 에어록 앞에 도착하자 JC가 내게 문의 잠금장치를 풀고 감압과 외부 문 개방 설정을 해 달라고 했다. 나는 우선 크랭크를 움직여 에어록 출입구를 개방했다. JC와 플라비우스가 안간힘을 쓰며 리비아를 그 안에 집어넣으려 했다.

"너희들 실수하는 거야. 얘들아…… 제발…… 내 말 좀 들어 봐, 젠장. 나 아니라고! 너희 지금 멍청한 짓 하고 있는 거야! 제발, 미안해…… 미안해, 내보내 줘, 설명할 기회를 줘. 이러지 마!"

리비아는 오열하다가 목이 메었다. 플라비우스가 리비아를 에어록 반대편으로 세차게 밀었을 때 내가 크랭크를 들어 올렸다. 그러자 JC와 플라비우스 앞에서 순식간에 문이 닫혔다.

에어록 문의 둥근 창 너머로 리비아의 목소리가 메아리쳐 더 멀게 느껴졌다. 하지만 두 주먹으로 창을 두드리는 소리와 애원하며 울부짖는 소리는 여전했다.

"제발! 부탁이야! 난 죽고 싶지 않아! 자넬! 제발…… . 나무서워! V. 이렇게 내버려 두면 안 되지! 이건 옳지 않아, 이 야만인아!"

나는 리비아를 마주할 수 없어 다른 사람 모르게 시선을 돌렸다. 감압을 시작하고자 인터페이스를 터치하려는 순간 머릿속에 질문이 떠올랐다. 리비아의 말이 사실이라면? 카운트다운 소리에 묻혀 이제 리비아의 말소리는 자꾸 끊어지는 불분명한 소리로만 들릴 뿐이었다.

내가 느낀, 아마도 JC와 플라비우스도 느꼈을 혼란을 틈타 자넬이 수동 제어 장치로 달려갔다. 그리고 정확한 동작으로 크랭크를 내렸다. 즉각 카운트다운이 멈췄고 에어록의 문이 열렸다. 우리보다 상황을 더 빨리 알아차린 리비아가 즉시 탈출을 시도했다. JC가 가장 먼저 몸을 움직여 리비아의 앞을 가로막았다. 그러는 JC를 밀어내려 달려오던 자넬이 JC의 종아리에 걸려 에어록 안쪽으로 넘어졌다. 리비아가 자넬을 돌아보고는 다시 한번 빠져나가려 했다. 단단히 버티고선 JC는 기회를 주지 않았다. 결국 에어록 안으로 리비아를 거칠게 밀어 넣고 크랭크를 잡았다. 문이 다시 닫히자 카운트다운이 중단됐던 데서 다시 시작되었다.

"젠장, JC, 너 뭐 하는 거야? 자넬이 안에 있잖아!" 플라비우스가 격분하여 말했다.

"리비아가 빠져나오게 놔둘 순 없어!" JC가 소리쳤다.

"하지만 자넬은 죄가 없다고!"

JC는 아무 대답도 하지 않았다. 하지만 그의 표정이 이미 모든 것을 말해 주고 있었다. JC는 자기 뜻대로 할 것이다. 만약 플라비우스가 자넬을 구하길 원한다면 JC부터 상대해야 할 것이었다. JC와 플라비우스가 서로 치고받고 싸우는 사이 나는 둥근 창으로 다가갔다. 그리고 창에 손과 헬멧을 댄 채 멈춰 버렸다. 에어록 안에서 이쪽을 향해 소리 지르며 애원하는 두 사람을 속수무책으로 바라만 보고 있었다. 바로 옆에서는 JC와 플라비우스가 서로 제어 장치에 접근하지 못하게 막으며 싸움을 멈추지 않았다. 머릿속에서 모든 것이 뒤죽박죽되어 버렸다. 비명소리, 카운트다운 소리, JC와 플라비우스가 주고받는 헛주먹질 소리, 두 사람이 눌러 대는 제어반 버튼의 불규칙한 '삐' 소리. 그러다 갑자기 모든 것이 멈추었다. 카운트다운 소리도 들리지 않았다. JC와 플라비우스는 둘 다 넋이 나가 제어판을 바라보고 있었다. 어쩔 수 없이 내가 제어반으로 다가갔다. 스크린에는 '감압 절차 완료'라고 떠 있었고 이어서 '외부 문 개방 임박'이라고 표시되었다.

나는 JC와 플라비우스가 싸움을 멈추고 얼이 빠져 있는 틈에 정신을 차리고 에어록의 문을 열려고 했다. 반드시 자넬을 구해야 한다! 버튼을 눌러 장치를 작동시키려던 순간 깨달았다. JC와 플라비우스가 싸우는 도중 기기를 망가트리고 말았다는 것을. 장치는 반응하지 않았다. 이젠 수동으로도 외부 문 개방을 취소할 수 없었다.

"너희 무슨 짓을 한 거야?"

내가 JC와 플라비우스에게 소리쳤다.

무슨 일이 일어났다는 걸 알아챘는지 리비아와 자넬의 목소리가 더는 들리지 않았다. 나는 분노 때문에 이미 고장 나버린 기계를 주먹으로 내리쳤다. 뜨거운 눈물이 뺨을 타고 흘러내렸다.

새로운 카운트다운이 적막을 깼다. 이번 것은 달랐다. 이상하리만치 부드러운 음색. 얼마나 아이러니한지. *문 개방 카운트다운 20, 19, 18……*.

나는 필사적으로 에어록 문을 향해 몸을 날렸다. 손잡이를 잡고 미친 사람처럼 잡아당겼다. 당연히, 소용없었다. 나는 알았다. 모두가 알았다. 자넬과 리비아도 알았다. 카운트다운이 5에 다다랐을 때, 나는 사실을 직시하고 포기했다. 둥근 창 쪽으로 고개를 들었다. 내 두 눈은 눈물과 분노로 흐려져 있었지만 똑똑히 보았다. 자넬과 리비아가 저항을 멈춘

것을. 두 사람은 서로를 꼭 껴안으며 영원히 남을 마지막 포옹을 나누고 있었다.

3, 2, 1······.

삐 소리가 울렸다. 에어록 바깥쪽의 문이 열리고 우주가 두 연인을 순식간에 빨아들였다. 내 외마디 비명이 우주선 반대편 끝까지 울렸다.

3부

▲▲▲▲▲

14장

몇 초 만에 우주선의 외부 문이 닫혔다. 에어록도 몇 초 만에 평상시 압력을 되찾았다. 모든 기계가 잠잠해졌다. 그리고 요란한 침묵이 자리했다. 다리에 힘이 빠지는 게 느껴졌다. 하지만 넘어지지 않았다. 둥근 창에 기대 미동도 하지 않았다. 우주선의 다른 모든 것들처럼, 믿기지 않는 이 순간 속에 얼어붙어 버렸다. 방금 본 것은 실제였을까? 아니면 그저 악몽일 뿐이었을까? 돌아서면 자넬이 자신만이 지을 수 있는 그 미소를 띠고 서 있을까? 마음 깊은 곳에서는 그렇지 않으리란 것을 알고 있었다. 자넬과 리비아는 죽었다. 그리고 나는 아무것도 할 수 없었다.

짧은 휴전 후, 더 격렬하게 다시 시작된 JC와 플라비우스의 싸움이 나를 현실로 데려왔다. 플라비우스는 JC를 때리려 애쓰며 욕을 잔뜩 퍼부었다. JC는 자신에게 날아오는 주먹세례를 최대한 피하려 했다.

"난 어쩔 수…… 할 수 있는 게 그거밖에…… 유일한 방법⋯⋯."

JC가 겨우 더듬거리며 말했다.

그때 복도에서 발소리가 들렸다. 닥터와 알리스가 오고 있었다.

서로 싸우며 흥분해 날뛰는 두 사람을 발견한 닥터가 난투극 사이에 끼어들어 갈라놓았다.

"여기 무슨 일이야? 너희들 소리 지르는 게 식당까지 들렸어!"

닥터가 두 녀석의 목덜미를 잡고는 물었다.

"이 개자식이 자넬과 리비아를 죽였어!"

플라비우스가 쉰 목소리로 대답했다.

"뭐? 무슨 얘길 하는 거야?"

"다른 수가 없었다고!" JC가 변명했다.

닥터는 JC와 플라비우스가 다시 욱하기 전에 입을 다물게 한 뒤 무슨 일이 일어났는지 이야기해 보라고 을렀다. 처음엔 두 사람의 이야기가 뒤섞였지만 결국 플라비우스가 물러섰다.

"자넬이 정신이 나갔었어. 리비아를 구하려고 절차를 중단했다고. 난 리비아가 못 나오게 하려고 최선을 다한 거야. 닥터가 리비아의 눈을 봤어야 했어! 빨갛게 충혈된 상태였고 필요하면 주저 없이 날 죽일 것 같았다고. 얼결에 자넬이 걸려 넘어져 에어록 안으로 들어가게 된 거야. 난 도와주고 싶었지만 리비아가 도망갈 위험을 감수할 수는 없었어. 리비아가 제압되자마자 바로 에어록으로 밀어 넣고 문을 닫았어. 자넬을 꺼낼 방법을 생각하려고 했어, 맹세해. 그런데 플라비우스가 날 공격하는 바람에 싸우다 시스템이 망가져 버렸고, 돌이킬 수 없게 됐어. 더는 아무것도 할 수가 없었어, 닥터. 너무 늦었어."

"그러니까 그 말은……."

"리비아와 자넬이 방출됐어."

플라비우스가 주먹을 꽉 쥐며 말했다.

닥터의 시선이 JC에 머물렀다. 닥터가 무슨 생각을 하는지 궁금했다. JC의 설명은 믿을 만한 걸까? JC가 정말로 후회하고 있을까? 아니면 JC에게 자넬의 죽음은 부수적인 피해일 뿐일까? 몇 분 전부터 끊임없이 자문했다. 사실 그 답은 중요하지 않았다. 이미 저질러진 일이다. 변하지 않는다. 저 인간 때문에 여기 이곳, 이 우주선에서 가장 친한 친구 중 한 명을 잃었다. 그러니 변명과 후회 따위 개나 주라지. 바로 그때, 닥터가 잠시 방심한 틈을 타 플라비우스가 다시 한 번 JC에게 난폭하게 달려들었다. 주먹이 사방팔방으로 나갔다. 발, 주먹, 헬멧, 안 닿는 곳이 없었다. JC도 뒤지지 않고 사납게 대항했다. 닥터는 한숨을 길게 내쉬고는 다시 개입했다. 두 사람이 떨어지자 닥터가 말했다.

"둘 다 그만! 이미 엎질러진 물이야. 이 얘긴 적당한 때에 다시 하기로 하자. 우선적으로 해야 할 다른 일들이 있으니까. 내 말 들어. 알았어?"

JC와 플라비우스는 잘못하다 걸린 아이들처럼 시선을 떨군 채 고개를 끄덕였다.

"좋아. JC는 나랑 같이 가. 가서 주이한의 시신을 수습하고 의무실에 가져다 놓자. 분석하다 보면 이…… 이 바이러스를 더 잘 이해할 수 있을 거야. 그동안 플라비우스와 V는 알리스를 캡슐로 데려다줘. 알리스와 얘기 나눴는데, 알리스는 추후 공지가 있을 때까지 모든 임무에서 빠지기로 했어. 미성년자 근로에 대한 규칙이 명확히 있으니까. 부모의…… 부재 시."

플라비우스와 JC가 동의를 표하자 닥터의 시선이 내게로 향했다.

"V? 내 말 들었어? V? 괜찮니?"

부드러움을 되찾은 닥터의 목소리가 갑자기 나를 현실로 데려왔다.

"응, 응. 알리스. 캡슐에. 플라비우스랑 같이."

둔해진 혀가 발음할 수 있는 말은 이게 다였다. 닥터는 잠깐 더 나를 바라보고는 플라비우스와 JC가 다시 치고받기 전에 JC를 데리고 갔다.

"갈까?" 플라비우스가 내게 물었다.

나는 고개를 끄덕였다.

"가자, 알리스."

플라비우스가 아기 대하듯 말했다. 아니면 강아지 대하듯 한다고 해야 하나……. 얼른 가자고 엉덩이를 토닥댈 것만 같았다. 하지만 알리스는 별말 없이 플라비우스를 따랐다. 나는 눈을 위로 치뜨며 한숨을 쉬었다. 진짜 골 때리는 자식이다. 크루원의 절반이 죽었는데 우리 일원이 될 수 있을지 여전히 의문이었다. 절반. 벌써. 이 생각에 온몸에 소름이 끼쳤다. 내 차례까진 얼마나 남은 걸까? 내 어깨를 움켜잡는 플라비우스의 손 때문에 불길한 생각에서 빠져나왔다.

"솔직히, JC 이상하다고 생각 안 해?"

플라비우스는 앞에 있는 알리스가 듣지 못하게 속삭였다.

대답하지 않았지만 플라비우스는 말을 멈추지 않았다.

"아니, 얘기가 앞뒤가 안 맞잖아. JC는 자넬을 도우려 한 적 없어. 내가 장담한다. 그러니까 내 말은, 너도 봤잖아. 리비아가 못 나오게 하는 것만 신경 썼지, 자넬한테 눈길 한번 안 보낸 거. 어쩌면……."

자기가 미스터리의 대가라도 되는 양 플라비우스가 뜸을 들였다.

"어쩌면 뭐?"

바로 본론을 말하도록 내가 플라비우스의 마지막 말을 반복했다.

"어쩌면 ― 제대로 주의를 기울여서 본 건 아니지만 ― JC가 자넬의 다리를 건 것 같아. '일부러' 말이야. 자넬이 에어록으로 넘어지게 하려고."

"JC가 뭐 하러 그러겠어?"

"누가 알아! 어쩌면 제지하기 쉽게 리비아의 신경을 딴 데로 돌리려고 했는지도 모르지. 아니면 한 사람 더 죽이는 편이 간단할 테니까 그랬는지도. 이봐, 가능성은 무궁무진하다고!"

나는 복도 한중간에 멈춰 섰다.

"나한테 무슨 말을 하려는 거야, 플라비우스?"

"JC가 석연치 않은 것 같다는 것뿐이야. 대장처럼 굴고, 만날 똑똑한 척하고……. 이상하잖아, 안 그래?"

"너는 JC가 임포스터라고 생각해?"

"확실한 증거는 없지만 내가 아까 본 대로라면 엄청나게 의심이 간다고. 넌 안 그래?"

"모르겠어. 완전 갈피를 잃었어. 난 리비아가 임포스터라고 확신했거든." 나는 머뭇거리다 덧붙였다. "그러니까……내 생각엔 그랬어."

"나도 우리가 옳았고 옳은 선택을 내렸길 바라지. 그래도 우리가 틀렸을 경우를 생각해서 경계를 늦추지 않는 편을 택하겠어. 너 들으라고 하는 얘기야. 넌 좋은 녀석 같으니까. 자넬의 죽음을 진짜로 슬퍼하는 게 보였거든. 감염자라면 그렇게 반응하진 못할 거라고 생각해. 안 그래?"

난 어깨를 으쓱했다.

"한마디로 'JC를 조심해라' 이 얘기야. 내가 너라면 JC와 단둘이 있지 않으려 할 거야. 안 그럼⋯⋯."

플라비우스가 엄지손가락으로 목을 베는 시늉을 했다.

마침내 알리스의 캡슐 앞에 도착했다. 알리스는 우리에게 고맙다고 하고 짤막한 손 인사를 건넨 뒤 캡슐로 들어갔다. 캡슐 문이 닫히는 사이 나는 플라비우스에게 다시 임무를 하러 가겠다고 알렸다. 우리 모두 상당히 지체된 상황이었다.

"그래, 그래, 네 말이 맞아. 그래도 내가 한 말 생각해 보고⋯⋯ JC도 조심하고⋯⋯. 그럴래?"

플라비우스가 물었다.

"오케이."

"그리고 JC가 의심스러운 짓 하는 걸 보면 나한테 말해 줘. 알았지?"

"원한다면, 알았어."

"V, 함께 뭉치는 게 중요해. 이제 다섯뿐이라고."

플라비우스가 한숨을 쉬며 말했다.

플라비우스가 내 어깨를 두드리려 해서 몸을 홱 피했다.

그러자 플라비우스가 말했다.

"그래, 알겠다. 날 안 믿는구나?"

"너한테만 그러는 거 아니야. 난 모두를 믿지 않을 뿐이야."

"아, 그래? 알리스도?"

플라비우스가 잠시 말을 멈추고는 다시 물었다.

"닥터도?"

나는 대답하지 않았다.

"알겠다. 난 의심 상위 목록에 있나 보구나. 유감이다. 이제 나 혼자 남겠네. 뭐, 괜찮아, 익숙하니까."

플라비우스는 이렇게 말을 끝내고 발을 돌려 뒤도 돌아보지 않고 멀어져 갔다.

복도에 혼자 남은 나는 어떻게든 일에 집중하려 애썼지만 전혀 그럴 수 없었다. 내 몸이 더는 말을 듣지 않았다. 기력과 감정이 모두 빠져나간 텅 빈 껍데기에 불과한 느낌이었다. 나는 재빨리 '자동 조종' 모드로 전환했다. 그제야 내 두 다리가 움직이기 시작했다.

나는 기계적으로 남은 임무로 향했다. 영원히 이 우주선을 손질하는 것만이 유일한 목표인, 심장도 없고, 영혼도 없는 로봇이 된 기분이었다. 생각하지 않아도 된다. 무엇보다 고통을 느끼지 않을 수 있다.

자넬에 대해⋯⋯. 벌어진 일에 대해⋯⋯. 아니면 앞으로 일어날지도 모를 일에 대해⋯⋯.

15장

　다음 날, 마치 며칠 동안 잠만 잔 듯이 몸은 무겁고 정신은 몽롱한 채로 깼다. 실제로는 몇 시간밖에 자지 못했다. 솔직히 잘 자지도 못했다. 자넬과 리비아의 방출 장면이 계속 머릿속을 맴돌았다. 그리고 그 참극을 피하려면 내가 할 수 있었던, 했어야 했던 모든 경우의 수를 떠올렸다. 하지만 죄책감만 더할 뿐 안타깝게도 별 도움이 되지 않았다. 아직 하루를 제대로 시작하지도 않았는데 벌써 멍하고, 지치고, 피곤했다. 억지로라도 캡슐에서 나가야 한다. 복도에 들어서며, 아침 식사는 거르기로 했다. 배도 고프지 않았다. 일찌감치 일을 시작하고 빨리 끝내는 편이 낫다. 그러고 나면 무겁고 고통스런 마음을 안고 우주선의 구불구불한 길을 헤매고 다닐 시간이 충분히 있을 것이다. 마치 유령처럼.

　나는 '자동 조종' 모드로 설정하고 우주복에 몸을 맡긴 채 스켈드의 미로 속으로 들어갔다. 무기고에 도착해 무신경하게 소행성들을 파괴하고, 관리실에 도착해 아무 생각 없이 데이터를 다운로드하고, 조금의 짜증도 내지 않고 빌어먹을 리더기에 카드를 긁고, 긁고 또 긁고, 식당에 도착해 거의 무의식적으로 쓰레기를 비웠다.

식당과 상부 엔진실 사이 복도를 뭉그적뭉그적 걷고 있을 때, 내 뒤로 나를 부르는 어떤 소리가 들렸다.

"V!"

돌아보았지만 복도에는 아무도 없었다.

"네 오른쪽, 바보야!"

시선을 오른쪽으로 돌려 의무실 쪽을 향하니 닥터의 헬멧이 문틈 밖으로 보일락 말락 나와 있었다.

"무슨 일 있어?"

내가 무기력한 목소리로 물었다.

"너한테 보여줄 게 있어. JC가 보안실에 가기 전에 빨리 이리 와."

나는 감시 카메라를 쳐다봤다. 빨간 불은 깜빡이지 않았다. 나는 이유도 모른 채 닥터를 따라 안으로 들어갔다. 닥터는 반투명의 방수천 사이를 벌려 자신의 작업 장소로 나를 이끌었다. 그 공간은 둘로 나뉘어 있었다. 한쪽에 커다란 테이블이 있는데 그 위로 컴퓨터와 의료 장비가 쌓여 있었다. 다른 한쪽은 유달리 많이 얼룩 진 방수천이 진짜 실험실이라 불릴 만큼의 공간을 가리고 있었다. 그 안에 무엇이 있을지

감히 상상도 되지 않았다.

어지러운 책상 뒤에서 닥터가 커다란 분무기 통을 집어 내게 들이밀었다.

"이게 뭐야?"

내가 불안해하며 물러섰다.

"소독제. 네 우주복에 쓰려고."

"뭐 하러?"

닥터는 아무 말 없이 고갯짓으로 방 반대편을 가리켰다.

"그냥…… 설명해 주면 안 될까?" 내가 용기를 내 말했다.

"바로 이해할 수 없을 텐데……."

"지금은 그…… 마음의 준비가 아직 안 된 것 같아서."

"V, 지금 이럴 때가 아니야."

나는 침을 꿀꺽 삼켰다.

"알았어."

닥터는 내 우주복 전체에 소독제를 분사했다. 그리고 통을 다시 책상 뒤에 내려놓은 뒤 방수천을 걷어 안쪽으로 안내했다.

"먼저 가시죠."

닥터가 인사하듯 허리를 깊이 숙이며 농담을 건넸다.

많은 것을 예상하긴 했지만 들것 위로 보인 것은 예상보다 훨씬 더 나빴다. 나는 본능적으로 눈을 감고 흠칫 뒤로 물러섰지만 닥터가 등 뒤에서 도망가지 못하게 막았다.

"원한다면 시간을 좀 가져."

닥터가 내 주변에서 속삭였다.

나는 크게 심호흡을 하고, 다시 한번 과감히 눈꺼풀을 들어올렸다. 내 앞에는 닥터가 그럭저럭 다시 조합해 놓은 벌어지고 찢긴 두 개의 신체 퍼즐이 놓여 있었다. 나는 올라오는 구토를 억눌렀다.

"정말 이랬어야 했어?"

매슥거림을 참으며 겨우 물었다.

"눈으로 보는 게 이해하기 더 쉬우니까. 믿기도 더 쉽고."

"나 상상력 풍부한 거 알잖아. 그리고 닥터를 믿……."

닥터는 들은 체 만 체했다.

"있잖아, V. 이건 '정말' 중요한 일이야. 하지만 감당 못 할 것 같다면, 괜찮아, 가도 돼. 난 네가 관심 있어 할 거라고 생각했어. 하지만 내가 잘못 생각한 것일 수도 있지."

닥터의 말이 맞다. 이젠 두려움을 뛰어넘을 때도 됐다. 중요한 일이 아니었다면 날 부르지도 않았겠지.

"무슨 일인데?"

내가 애써 미소를 지어 보이자 닥터도 곧바로 내게 미소를 보냈다. 자신이 알아낸 것을 내게 알려 주게 됐다는 생각에 두 눈이 반짝였다. 우리 앞에 활짝 벌어진 시체가 없었다면 귀엽다고 느껴졌을 수도 있다.

 "레몽의 시신을 조사하면서 이미 의구심, 아니 그보단 단서가 있긴 있었어. 하지만 그것만으로는 아무것도 입증할 수가 없었어. 결국 추측에 지나지 않았지. 하지만 주이한의 시체를 조사하면서 반증된 것이 있어. 그리고…… 입증된 것들도 있고. 가까이 가서 한번 보면……."

 솔직히 그러고 싶지 않았지만 선택의 여지가 없어 보였다. 나는 추할 정도로 잔뜩 얼굴을 찡그리고는 주이한의 시신이 누워 있는 들것으로 다가갔다. 주이한의 시신은 발견 당시에도 이미 상태가 별로 좋지 않았었다. 시신은 둘로 잘린 채 피가 벽까지 사방으로 튀어 있었고, 기어 다니는 벌레같이 생긴 창자가 스멀스멀 천천히, 하지만 분명히 몸 밖으로 빠져나가고 있었다. 그 순간, 솔직히 더 자세히 보지 않았다. 비록 피로 얼룩졌지만 우주복의 선명한 초록색만으로도 내가 알고 싶은 건 다 안 셈이었다. 사망한 사람의 신원. 그 외의 것에 시간을 더 할애하지는 않았다. 그 외의 것'들'이라고 해야 하나. 내 눈앞에 우주복 없이 누워 있는 주이한을 보니 피해의 정도가 실감이 났다. 보기에도 썩 유쾌하지 않았다.

 시신은 발부터 머리까지 여러 곳의 피부가 찢기고 벌어져 있었다. 마치 누군가 커터 칼로 수백 번 벤 것처럼. 부위에 따라서는 베인 상처가 너무 깊어 고름, 피, 뼈, 뭔지 알 수 없는 이상한 액체와 점액질이 보였다. 이게 어떻게 가능하지? 뭐가 이렇게 우주복을 통과할 수 있는 거지?

앞에서 닥터가 다소 재미있어하며 내 역겨워하는 표정 변화를 지켜보았다. 닥터는 내가 혼자 생각해 보고 나만의 가설을 세울 수 있도록 일부러 시간을 주었다. 하지만 내가 어떤 가설을 세워도 닥터가 내게 알려주려 하는 사실에 미치지 못할 게 분명했다.

"그래서, 어떻게 생각해?"

닥터가 입술에 살짝 미소를 띠고 내게 물었다.

"역겨워."

"내 말은, 충격적인 뭔가가 있지 않았어?"

"거의 다 그런데."

내 무성의한 대답에 닥터가 눈을 위로 치뜨고 어깨를 으쓱하며 한숨을 내쉬었다. 닥터는 돌아서서 뒤에 있던 가구를 뒤적거렸다. 그러고는 내 쪽으로 돌아서며 팔을 쭉 뻗어 무언가를 보여 주었다. 주이한의 우주복이었다. 그러니까, 절반만.

"그럼 이건?"

닥터가 손에 우주복을 들고 내게 물었다.

"음…… 둘로 잘렸고 피가 묻어 있어."

"다른 건 이상한 거 없어?"

"어……."

"너 정말 관찰력이 별로구나, V. 좋아. 주이한의 팔에 베인 상처들을 봐. 그리고 우주복 소매를 봐 봐."

나는 닥터의 말대로 했다. 주이한의 팔은 상반신이나 다리와 마찬가지로 사방으로 찢겨 있었다. 이어서 고개를 들어닥터가 들고 있는 우주복을 보았다. 찢긴 흔적이 전혀 없었다.

"오."

내가 나지막이 내뱉었다.

"자, 이해했어?"

"상처가…… 피부가…… 그게…… 그러니까…….."

"벤 상처가 외부가 아니라 내부의 무언가에 의해 생긴 거야."

"그래. 그게…… 근데 그게 어떻게 가능하지?"

"외계인! 지난번 내 말이 맞았어. 외계 생물체가 우리 몸을 감염시키고는 그 안에서 성장해 통제권을 갖고 점차 퍼져나가려는 거야. 그들의 세포 활동은 굉장해, V! 숙주에 적응하는 능력이 있어서 숙주에 침투할 수 있고, 숙주를 원하는 대로 만들 수 있고……. 그러니까 감염이 일어나면 그렇다는 얘기야. 근데 아직 감염 성공률이 백 퍼센트는 아닌 것 같아."

닥터가 자랑스럽게 말했다.

내 얼빠진 표정을 보고 닥터가 다시 말을 시작했다.

"좋아, 내가 보여 줄게. 그게 더 명확하겠다."

닥터가 곧바로 메스와 핀셋을 집었다. 그리고 주이한의 벌어진 복부에 손을 가져갔다. 메스로 피부 일부를 들어 올리자 살덩이와 핏빛 창자가 드러났다. 그 순간, 내가 공복인 게 다행스럽게 느껴졌다. 그래도 기절하지 않도록 초인적인 노력을 기울여야 했다.

닥터는 다른 한 손으로 무언가를 가리켰다. 창자는 아닌 게 확실해 보였다. 그보단 작은 촉수를 닮은 돌기 같은 것에 더 가까웠다.

"이게 뭐야?"

내가 딸꾹질을 하며 물었다.

"자리 잡으려는 외계인."

"오."

"하지만 자리를 잡는 데 늘 성공하는 건 아니야. 아직 그 이유는 찾지 못했어. 이 외계인은 성장은 시작했지만 무언가 잘못돼서 자기 숙주를 죽이고 만 거야……. 자기 자신도 같이."

"그게 가능해?"

"아직 나도 몰라. 유전적 문제일까, 혈액 문제일까, 아니면 다른 문제일까? 지금으로선 말하기 힘들어. 감염이 일어난 다른 실험 대상이 없다면 더욱."

나는 내 앞의 시신을 내려다보았다. 닥터 뒤로 좀 더 떨어진 곳에는 잘린 레몽의 시신이 하얀 시트 위에 놓여 있었다. 외계인이 저 두 사람을 감염시킨 이유가 뭘까? 두 사람 다 그저 잘못된 시간, 잘못된 장소에 있었기 때문인 걸까? 아니면 계획적인 공격이었을까? 두 시신을 번갈아 보다 번뜩 무언가가 생각났다.

"외계인이 의도적으로 스타크류 가족을 노렸을 수도 있을까?"

"가능한 가정이지."

"그렇다고 한다면, 왜 꼭 그들이었을까?"

"어쩌면 유전적 다양성 문제겠지. 외계인이 레몽에게 실패하고 나서 가능성을 높이려고 다른 유전 형질을 찾았을 가능성이 충분히 있어. 다시 말하지만 가정일 뿐이……."

"알리스가 위험할 수도 있다고 생각해?"

내가 말을 끊고 물었다.

"나도 그 질문을 해 봤어. 말하기 힘든 문제인데……. 그 가설이 맞는다면 난 오히려 아니라고 대답할 것 같아. 사실상 알리스의 유전 형질은 레몽과 주이한의 유전 형질과 매우 유사해. 따라서 오히려 외계인은 우선적으로 다른 대상을 찾을 가능성이 있지. 이 우주선에 여전히 외계인이 존재한다면 말이지만……. 우리 모두가 위험한 상황인 거야. 이제 몇 명 안 되니까. 외계인은 어떻게든 증식하려 할 거야. 결국엔 우리 모두 감염될 위험이 있어."

나는 침을 꿀꺽 삼켰다. 어제부터 나는 리비아가 감염자였다고, 이제 다 끝난 문제라고 믿으려 했다. 하지만 리비아가 감염되지 않았을 가능성이 여전히 존재했다. 아니면 방출되기 전, 다른 누군가를 감염시켰을 가능성도 있었다. 만약 어떤 식으로라도 이 망할 외계인이 여전히 스켈드에 있다면, 우리 모두 반으로 잘리거나, 폴루스 원주민으로 변하게 되기까지 시간이 얼마 남지 않았다. 솔직히 말해서, 이 두 경우 중 어느 쪽이 더 무서운 건지 모르겠다. 죽느냐, 아니면 한 생명체의 숙주가 되느냐? 이런 조건이라면 자살도 한 방법이 아닐까.

"닥터, 만약 이…… 생물체가 여전히 우리 중에 있다면, 우리 모두 죽는 거잖아. 그냥 바로 우주선을 폭파해 버리는 게 더 나은 거 아닐까? 적을 완전히 제거하는 게? 우리가 놈을 폴루스로 데려간다고 생각해 봐! 인류의 종말이 될 거라고!"

나는 이제 거의 고함을 지르고 있었다. 나도 극단적인 내 제안이 그렇게 마음에 드는 건 아니었다. 하지만 우리에게 정말 다른 선택지가 있을까? 몇 시간, 어쩌면 며칠을 더 살겠다고 폴루스의 그 많은 사람을 위험에 처하게 해도 되는 걸까?

놀랍게도 닥터가 웃음을 터뜨렸다.

"나 지금 심각해, 닥터. 우리에겐 윤리적 책임이 있다고."

"알아, V. 너 자신을 희생하려 하다니 용기가 대단하다는
것도⋯⋯. 근데 너한테 제안할 좀 덜 극단적인 대안이 하나
있는데."

나는 눈을 크게 떴다.

"무슨 말이야?"

"그게, 내가 우리 몸 안에 외계인이 있는지 판별해 낼 수
있는 일종의 테스트를 개발한 것 같거든."

몇 초 동안 나는 멍청한 얼굴을 하고 있었다.

"아니, 그 말을 왜 이제야 하는 거야?"

16장

"아직 시제품 단계일 뿐이야……."

닥터가 해명했다.

"얼마나 효과가 있어?"

"내 계산이 틀리지 않았다면 구십오 퍼센트. 근데……."

"근데는 무슨, 닥터! 딱 우리한테 필요한 거잖아! 모두를 테스트해서 양성이 나온 사람만 제거하면 된다고."

"그렇게 간단하지 않아."

닥터가 말했다.

나는 이해할 수 없었다. 우리를 이 상황에서 완전히 벗어나게 해 줄지도 모를 믿을 만한 테스트를 개발해 놓고 주저하고만 있다니?

"그 반대지. 나한텐 아주 간단해 보이는데. 이 일이 벌어진 처음부터 우리가 기다리던 게 이거 아니야? 닥터가 개발한 테스트가 작동하기만 하면 고민할 게 뭐야? 하자고!"

닥터는 시선을 떨구고 생각에 잠겼다. 나는 주이한이 누워 있는 테이블을 돌아 닥터에게로 가서 어깨를 잡았다. 닥터가 내 쪽으로 고개를 들었다.

"문제가 뭐야, 닥터?"

닥터가 한숨을 깊이 쉬고는 말했다.

"너에게 오 퍼센트는 별것 아닌 것으로 보일 수 있겠지…… 하지만 실제로는 엄청난 거야. 네가 말했지, V. 우리에겐 책임이 있다고. 아마 나에겐 더 큰 책임이 있겠지. 신뢰성 구십오 퍼센트는 잘못된 음성 반응이 나올 위험이 존재한다는 의미야. 아니면 잘못된 양성 반응이. 그게 뭘 의미하는지 알아?"

무슨 말인지 아주 잘 알았다. 진짜 임포스터를 살려두거나 무고한 사람을 단죄하거나. 최소한의 오류로도 아주 큰 대가를 치르게 될 수 있다. 그러나 이것은 우리가 감수해야 할 위험이었다.

"하지만 닥터, 우린 불확실하고 불공정한 사이비 재판도 했잖아!"

내가 격분하여 말했다.

닥터는 내 말을 몇 초간 고민하는 듯하더니 내가 잡고 있던 어깨를 빼내며 물러섰다. 그리고 이번엔 강한 어조로 말했다.

"그래도 고민은 해 봐야 할 문제라고 생각해! 가볍게 결정할 문제가 아니야!"

"내가 언제 가볍게 결정하고 싶댔어?"

"하지만 봐 봐, 겨우 몇 초 만에 결정을 내렸잖아!"

"며칠 전부터 이 문제가 머릿속에서 떠나질 않았으니까! 게다가 어제 오후부터 더 심해졌다고……. 벌써 모든 시나리오를 상상하고 머릿속에서 플레이해 봤어. 임포스터의 정체를 밝혀 주며 신뢰할 수 있는, 아니면 거의 믿을 만한 테스트. 그건 가설보다 꿈에 더 가까운 얘기였어. 그러니까, 그래, 맞아. 미안하지만 난 그 기회를 지체 없이 잡아야 한다고 생각해."

닥터는 확신이 없어 보였다. 내 주장에 반박할 말을 준비하려고 머릿속이 분주히 움직이는 듯 시선이 흔들리고 있었다. 닥터가 뭐라 반박하려 했으나 갑자기 들린 소리에 멈추었다.

"뭐지?"

나는 조금 당황해 속삭이듯 말했다.

닥터는 눈썹을 찡그리고는 집게손가락을 바이저에 갖다 대며 조용히 시켰다. 소리는 빠르게 선명해졌다. 방금 누군가 의무실에 들어와 닥터의 임시 실험실을 둘러싼 방수천 가까이 다가왔다.

"닥터? 별일 없지?"

JC였다. 젠장, 스토커야 뭐야? 항상 뒤꽁무니에 붙어 다니네. 닥터는 당황하지 않고 내게 움직이지도 반응하지도 말라고 손짓했다. 두말하면 잔소리였다.

"그럼, 그럼. 무슨 문제 있어?"

닥터가 담담한 목소리로 물었다.

"내가 묻고 싶은 말이야……. 닥터가 얘기하는 소리를 들은 것 같아서. 큰 소리로 말하는 소리. 누구랑 같이 있어?"

"레몽이랑 주이한이랑 같이 있지."

나는 닥터를 쏘아보았다. 진심인가? 지금 유머나 할 타이밍인가?

'미쳤어?'

내가 입 모양으로 말하자 닥터도 어깨를 으쓱하며 입 모양으로 사과했다.

'미안.'

JC는 거기서 그치지 않을 모양이었다. JC가 첫 번째 방수천 커튼을 들어 올리는 소리가 들렸다. 발소리가 가까워져 와서 나는 어떻게든 스타크류 부부가 누워 있는 들것 뒤로 숨어 보려 했다. JC는 이제 우리와 몇 미터밖에 떨어져 있지 않았다. 나는 반투명의 방수천 너머로 내 보라색 우주복이 드러나지 않기만을 바랐다.

"별일 없는 거 확실해?"

JC가 미심쩍어하며 물었다.

"그럼! 장비에 대고 구시렁댄 거야. 걱정 마, 아무 일 없으니까."

닥터는 좀 더 믿음직스럽게 비칠까 싶었는지 좀처럼 보이지 않는 미소까지 짓고 있었다. 닥터도 나만큼이나 당황한 듯했다.

"좀 도와줄까?"

이 질문과 함께 JC가 다가오는 것이 보였다. 그리고 손을 뻗어 방수천을 양옆으로 들어 올리려 했다.

"여기 들어오면 안 돼, JC!"

닥터의 고함소리에 나도 JC도 깜짝 놀랐다. JC가 팔을 든 채로 그 자리에 멈춰 섰다.

"왜…… 왜?"

JC의 목소리에 의심이 더욱더 짙어졌다.

"무균 구역이야!" 닥터가 힘주어 말했다. "여기 들어오려면 먼저 네 우주복을 소독해야 해. 그리고 발 디딜 때 조심해. 여기저기 피와 창자가 있으니까."

마침내 JC가 설득된 듯했다. 그래, 아주 작은 거짓말은 진실이나 진배없지.

"어, 알았어. 도움이 필요하지 않다니까. 그럼 난 가 볼게. 아직 해야 할 임무들이 꽤 남아서……."

"그래, 이따 봐!"

닥터가 JC에게 인사했다. JC는 몇 걸음 멀어지는가 싶더니 실험실을 벗어나기 전 멈춰 서서 물었다.

"아, 갑자기 생각난 건데. 오늘 아침 V 본 적 있어? 어제부터 V를 마주친 사람이 아무도 없는 모양이야. 이상하지 않아?"

닥터의 이마 위로 땀방울이 맺혔다.

"V? 아니, 글쎄. 보다시피 내가 꽤 바빠서." 닥터가 대답했다.

정정. 작은 거짓말이고 뭐고, 거짓말은 무조건 큰 게 최고다.

"알았어. 혹시 V랑 연락되면 내가 찾는다고 좀 전해 줄래?"

"으, 음."

닥터는 별로 안중에 없다는 듯 대답을 흐렸다.

마침내 JC가 실험실을 벗어나 의무실을 나갔다. 하지만 닥터와 나는 그러고도 몇 분간 움직이지도 말하지도 않은 채 숨을 죽였다. 너무 오래 숨을 참아서 거의 숨이 막힐 지경이었다.

"쟤는 늘 날 따라다녀서 뭘 어쩌려는 걸까?"

JC가 갔다고 확신한 후, 내가 속삭였다.

닥터는 어깨만 으쓱할 뿐 대답하지 않았다.

"왜 모두 닥터의 테스트를 받아야 하는지 알겠어? 안 그러면 마지막까지 이런 식일 테니까. 서로 아무도 믿지 못하고 두려움 속에서 살 거야. 죽을 때까지, 아니면 괴물이 될 때까지. 그걸 바라는 거야, 닥터? 닥터의 테스트가 백 퍼센트 신뢰할 수 있는 게 아니란 거 알겠어. 그 때문에 치명적인 결과가 발생할 수 있다는 것도. 하지만 그게 우리의 유일한 기회야. 그러니까 해야 해."

닥터는 내 주장을 인정했다. 하지만 두 눈 속에는 여전히 망설임이 있었다. 젠장, 닥터의 완벽주의는 너무 심하다! 포기할 줄도 알아야 할 텐데.

닥터가 결정을 내릴 준비가 안 되었다면 내가 결정을 내리겠다. 테스트를 사용하는 것을 끈질기게 거절한다면, 내가, 이 안에 있는 모두와 — 사람이건 아니건 — 함께 이 우주선을 폭파할 것이다. 내 안의 긴장감이 느껴졌는지 닥터는 결국 상황을 진정시키기로 했다.

"일단 테스트에 관해 설명할게. 그리고 네가 볼 수 있게 우리 둘한테 테스트해 보는 거야. 그다음에 결정하자, 같이."

나는 마지못해 닥터의 제안을 받아들였다. 닥터가 먼저 한 발 다가와 주었으니 닥터의 말에 따라 주는 것이 옳을 것이다. 일단 테스트가 어떤 것인지, 모든 생존자에게 신속하게 테스트를 받게 하는 것이 실제로 가능한지 볼 것이다. 닥터는 기술적인 설명을 시작했다. 뭔지 모를 설명을 듣고 별로 이해한 것은 없었지만 일정한 간격으로 고개를 끄덕이거나 눈썹을 움직이며 꾹 참고 기다렸다. 그리고 마침내 본론에 이르렀다.

"테스트 자체는 아주 간단해."

닥터는 시체가 없는 실험실 반대편에서 돌아와 서랍에서 작은 물건을 하나 꺼내 내 앞에서 흔들어 보였다. 면봉이었다.

"면봉? 그게 닥터의 테스트기야?"

닥터가 웃었다.

"맞아! 기본적으로 이것만 있으면 돼. 그러니까…… 이게 거의 다지. 타액을 채취하고, 몇 분 후면 짠, 너랑 내가 감염 됐는지 아닌지 알게 될 거야."

"이걸 생각해 내는 데 그렇게 많은 시간이 걸린 거야?"

내가 감히 묻자 닥터가 속사포처럼 설명을 쏟아냈다.

"V! 이런 건 그냥 뚝딱하고 나오는 게 아니야. 굉장히 제한된 샘플로 해냈다는 사실은 차치하고라도, 내가 의미 있는 무언가를 이뤄냈다는 사실 자체가 거의 기적과도 같은 일이라고! 게다가……."

"진정해, 닥터. 농담이었어. 닥터가 해낸 이 모든 일에 내가 얼마나 감명을 받는데. 그럼 이제 실행에 옮겨 볼까?"

닥터는 고개를 끄덕이고 작업에 착수했다. 먼저 자신의 바이저를 열어 입 안에 면봉을 넣고 몇 초간 볼 안쪽을 문질렀다. 그리고 침에 젖은 그 면봉을 작은 유리 접시에 놓고 곧바로 뚜껑을 닫았다.

"그게 뭐야?"

내가 작은 접시를 가리키며 물었다.

"곰팡이균 군집이야."

"이게 닥터가 임포스터인지 아닌지 말해 줄 거라고?"

"그렇지! 외계인의 목적은 여느 바이러스와 마찬가지로 증식하는 거야. 애네는 특히나 끈질겨서 거의 아무것도 없어도 증식할 수 있는 녀석들이야. 곰팡이균 같은 것에도 말이야. 그러니까 내 침이 감염되었으면 반응이 있을 거야. 외계인이 곰팡이균을 점유해 증식하려 할 테니까. 반응이 없으면 난 온전하단 뜻이고."

나는 접시를 살짝 살펴보았다. 내부에 아무 움직임도 없는 것을 보니 곰팡이가 그대로 잘 있는 것 같았다.

"어, 지금 여기 곰팡이 형사가 닥터의 결백을 밝혀 준 거지?"

"그래."

"놀란 것 같지 않네."

"실험하는 동안 난 이미 여러 번 테스트해 봤거든. 하지만 내가 그사이 또 감염되지 않았다는 걸 알았으니 좋은 일이야!"

"자기가 감염됐는지 모를 수도 있어?"

내가 걱정하며 물었다.

"글쎄. 그래도 의문은 가질 수 있지."

"감염된 침이면 저 안이 어떻게 돼?"

내가 접시를 가리키며 물었다.

"아, 원한다면 보여 줄 수 있어!"

"어? 보여 준다고? 닥터, 여기 외계인을 숨겨놨어?"

"음, 그렇다고 할 수 있지."

닥터는 몇 발짝 물러서 작은 가구 뒤에서 유리 큐브 하나를 꺼냈다. 그 안에는 절대 인간의 것이라고 할 수 없는 작은 살점 하나가 가까스로 살아남아 있었다.

"젠장, 닥터, 진심이야?" 내가 화를 내며 말했다.

"뭐가?"

"아니, 저게 빠져나가기라도 하면…… 무슨 말인지 모르겠어?"

"걱정 마, V. 이건 거의 죽었어. 주이한한테서 찾은 건데 그 이후 최대한 살려 둔 거야. 근데 이제 얼마 안 남은 것 같아."

닥터는 마치 반려동물을 바라보듯 그것을 바라보았다. 나는 또 올라오는 구토를 억지로 눌렀다. 삽시간에 우리 모두를 죽일 수도 있는 저 외계 지렁이 같은 걸 어떻게 저렇게 바보같이 애지중지할 수 있지? 내 반응에 기분이 상한 닥터가 이것 없이는 이렇게 빨리, 이렇게 신뢰할 만한 테스트를 결코 개발할 수 없었을 거라고 내게 설명했다.

의구심이 들었지만 나는 그럴 만했다고 인정하지 않을 수 없었다.

"맞아, 맞아. 자, 이제 곰팡이균이 감염되면 어떻게 되는지 보여 줘."

내가 말했다.

닥터는 먼저 팔로 테이블 위를 크게 쓸어 냈다. 그리고 그 위에 이미 탄 자국이 있는 회색 금속판을 올려놓았다. 그다음 곰팡이균 군집이 담긴 접시의 뚜껑을 열어 그 위에 두었다. 닥터는 아주 조심스럽게 반쯤 죽은 외계인의 잔해를 면봉으로 쓰다듬듯 문지르고 그 면봉을 다시 곰팡이균 한가운데 놓으려다 내게 좀 물러서라고 손짓했다.

"내가 너라면 눈 똥그랗게 뜨고 볼 거야."

닥터가 면봉을 접시에 놓았다. 내가 곰팡이균에서 시선을 떼지 않고 있는 사이 닥터는 내 등 뒤로 자리를 옮겨 분주히 움직였다. 접시에서 곧바로 반응이 일어났다. 금세 곰팡이균이 활발히 움직이기 시작했다. 접시 안에 거품이 일었고, 전체가 핏빛으로 변했다. 그리고 이상한 냄새가 새어 나왔다.

"됐어. 잘 봤지?"

닥터가 헉헉대며 내게 물었다.

나는 접시에서 눈을 떼지 못한 채 고개만 끄덕였다. 그 외

계인은 점점 힘을 얻어 눈에 띄게 커지고 있었다. 갑자기 옆에서 폭발음이 들렸다. 소스라치게 놀라 돌아보니 묵직한 토치를 손에 든 닥터가 외계인, 곰팡이균, 접시 할 것 없이 모든 것을 태워 버리고 있었다. 수 초가 지나자 금속판 위에는 연기가 올라오는 잿더미뿐, 그 어떤 생명의 흔적도 남아 있지 않았다.

▲ ▲ ▲ ▲ ▲

17장

몇 분 동안, 우리 둘 누구도 입을 열지 않았다. 닥터가 마침내 침묵을 깼다.

"이제 네 차례야."

나는 대답 대신 고개를 끄덕였다. 닥터는 작업대를 다시 정리하고 거기에 새 곰팡이균 접시를 놓았다. 닥터가 내 침을 채취하는 동안 나는 의구심을 떨칠 수 없었다. 나도 모르게 내가 감염됐다면? 내 결과가 5퍼센트의 오류 안에 든다면? 동료들은 날 방출할까? 아니면 닥터가 조금의 망설임도 없이 여기서 날 구워 버릴까? 생각만 해도 침이 말랐다.

채취를 끝낸 닥터가 면봉을 내밀고는 직접 넣으라고 내게 빠르게 눈짓했다.

"왜 내가?"

내가 놀라서 물었다.

"만약을 대비해서."

닥터가 토치를 꽉 쥐며 대답했다.

순간 나는 더 깊은 의심에 빠졌다. 이 테스트가 정말 좋은 생각일까? 내 침이 곰팡이균을 삼키려는 피에 굶주린 미니 외계인으로 변하면 어떤 일이 일어날까? 마음의 준비가 된 건지 아직 모르겠는데⋯⋯. 자, V, 용기를 내 보자! 나는 감정을 억눌렀다.

1, 2⋯⋯ 3! 별로 확신 없는 동작으로, 면봉을 놓았다⋯⋯기보다 던져 넣었다. 그리고 즉각 물러섰다. 내 옆에서는 닥터가 두 손으로 토치를 꽉 잡고 접시에서 눈을 떼지 않고 있었다. 불을 뿜을 준비를 한 채. 그때, 스트레스가 부추긴 터무니없는 생각 하나가 뇌리를 스쳤다. 이 모든 게 함정일 수도 있지 않을까? 어쩌면 플라비우스의 말이 맞을지도 모른다. 닥터는 자신이 말하는 그런 사람이 아닐 수도 있다. 이 우주선에서의 계획이 뭘까? 내가 지금 속고 있는 거라면? 혹시 모른다. 내가 내 마지막 날을 재촉할 테스트를 기꺼이 하겠다고 한 것인지도. 그 순간, 어린 시절의 우정이라는 이름으로, 닥터에게 그렇게 빨리, 그렇게 맹목적으로 믿음을 준 내가 정말 바보같이 느껴졌다. 솔직히 오늘까지 살아 있는 것도 기적이다. 뭐, 그마저도 이제 얼마 안 남았을지 모르지만.

테스트 결과가 양성으로 나온다면 닥터의 눈을 똑바로 바라볼 수 없을 것 같아 나는 유리 접시로 시선을 돌렸다. 그리고 내 침이 섞인 곰팡이균을 바라보고, 바라보고, 또 바라보았다. 아무 일도 없다. 시간이 멈춘 건가? 아니면 아주 아주 천천히 흘러가고 있는 건가? 그것도 아니면, 드디어 내가 감염되지 않았다고 말할 수 있게 된 건가?

그때, 닥터가 선언하듯 말했다.

"축하해. 넌 임포스터가 아니야, V!"

닥터는 토치를 발아래 내려놓고 나를 보며 활짝 웃었다. 닥터의 두 눈이 반짝이는 것을 보니 닥터 역시 내가 그 무엇도 아닌 나라는 것을 알고 굉장히 안심한 것 같다. 무거운 짐에서 해방되자 나는 비로소 방금 일어난 일을 실감했다.

"이제 용의자가 몇 안 남았네."

닥터의 미소가 한순간에 사라졌다. 나는 닥터에게 다가갔다.

"닥터, 닥터가 주저하는 거 알아. 하지만…… 시간이 얼마 남지 않았어. 이제 정말 선택의 여지가 없는 것 같아."

"모르겠어, V. 만약, 결국 모두 음성이면, 우린 어떻게 하지? 주이한의 죽음은 어쩌다 생긴 일이라고 여기고 여기 모두가 결백하다고 선언해? 아니면 모두 다시 테스트해? 그렇게 한 번 더 실시한 테스트에서 양성이 나오면 테스트를 믿을 수 없다며 음성이 나온 첫 테스트 결과를 들이댈 게 뻔한데? 그리고 또……."

"진정해, 닥터. 진정해."

닥터가 잠시 말을 멈췄다. 나는 닥터가 정상적인 호흡을

회복하도록 시간을 준 뒤 말을 이었다.

"난 이런 기회를 포기해선 안 된다고 생각해. 효과가 있을 가능성이 조금이라도 있다면, 그 가능성을 잡아야 하지 않을까? 예상했던 대로 진행되지 않으면 그때 가서 다시 결정을 내리면 돼. 다시 옛날 방식으로 돌아가면 되니까."

닥터는 길게 한숨을 내쉬었다. 설득된 듯했다. 이제 항복하겠지.

"좋아, 네 말이 맞아……."

"우와! 고마워, 닥터!"

부둥켜안으려는 나를 닥터가 멈춰 세웠다.

"그런데……."

"그런데 뭐?"

"두 시간만 줘."

"뭐 하려고?"

"그냥 마지막 확인을 하는 데 필요한 시간이야. 한 번 더 정리해 보는 시간. 내가 요구하는 건 이게 다야, 두 시간. 약속해. 그 이후엔 모두에게 테스트해서 유의미한 결론을 끌어내 보자."

솔직히 닥터의 제안이 그리 탐탁지 않았다. 임포스터가 우리 중에 돌아다니고 있는데 두 시간이라니. 이건 거의 영원과도 같은 시간이었다. 더욱이 우리가 실험실에 머문 지도 오래인데. 지금 바깥 상황이 어떤지도 모르고……. 어쩌면 우리밖에 안 남았을 수도 있다.

"닥터한테 무슨 일이 생기면?"

내가 걱정하며 물었다.

"네가 알잖아. 테스트하는 방법이랑 장비를 둔 곳이랑. 내가 없이도 할 수 있을 거야."

"닥터, 진심 아니……."

닥터가 내 말을 끊고는 말했다.

"두 시간, 내가 요구하는 건 이게 다야. 네가 안심될 것 같다면 문 앞에 서서 감시하거나 보안실에서 감시 카메라로 보고 있어도 돼."

이번엔 내가 한숨을 쉬었다.

"오케이, 오케이, 두 시간이야. 죽지 말고. 알았지?"

"최선을 다할게!"

닥터는 단숨에 미소를 되찾았다. 나는 이를 악물고 실험실을 벗어나 조심스럽게 의무실을 나왔다. 두 시간, 아무리 생각해도 너무 긴 시간이었다. 그사이 무슨 일이 일어날지 누가 알겠나? 복도나 보안실에서 감시해도 좋다는 닥터의 생각은 그 자체로 나쁘지 않았지만 그러면 닥터에게만 너무 많은 신경을 뺏기게 될 것이다. 그러니까 지금보다 더 말이다.

나는 JC가 날 찾고 있다는 것을 잊지 않고 있었다. 날 찾아

내게 아무 주장이나 들이댈 터였다. 나는 닥터와 이야기하러 가기 전 하려 했던 임무를 다시 시작하기로 했다. 먼저 몇 가지 임무가 있는 관리실로 향했다. 복도에서 보호막 제어실에서 오는 알리스와 마주쳤다. 내가 관리실로 들어가고 곧이어 알리스도 들어왔다. 나는 한눈에도 오래 걸릴 것 같은 다운로드를 하려고 컴퓨터 앞에 앉았고, 그사이 알리스는 배선을 수리하려는지 전기 패널 앞에 자리를 잡았다.

"다시 임무를 시작하기로 한 거야?"

내 목소리에 알리스가 소스라치게 놀랐다. 알리스는 몇 초 동안 날 돌아보고는 다시 배선 쪽으로 몸을 돌렸다. 아무 말 없이. 난 자리에서 어깨를 으쓱했다. 우리가 알리스의 임무를 대신 나눠서 맡기로 했던 것 같은데……. 하지만 어쩌면 알리스는 캡슐에 틀어박혀 있기보다 일하기를 원했는지도 모른다. 이해할 수 있었다. 고아가 되었을 때, 나도 정신을 딴 곳에 쏟으려고 무엇이든 했으니까. 뭐든 두 사람을 생각하는 것보단 나았다. 그리고 가능하게 되자마자 내가 살던 폴루스의 동네를 떠났다. 고통받지 않으려 전부 기억 속 깊숙이 처박아 두었다. 알리스는 더할 것이다. 여기, 기억들로 가득한 이 우주선 안에 남아 부모님 두 분이 목숨을 잃은 복도를 돌아다니는 것 말고는 다른 방법이 없으니. 내 마음이 연민으로 부풀어 올랐다. 이런 시기에 저 가엾은 아이를 혼자 놔둘 순 없다. 배선 작업을 마친 알리스는 방을 떠나지 않고 내 쪽으로 다가와 카드 리더기 앞에 멈춰 섰다. 다운로드는 여전히 진행 중이었다. 아직 절반도 못 갔다. 나는 길게 한숨을 내쉬고 알리스와 다시금 대화를 시도해 보려 했다.

"있잖아, 알리스, 나도 내 부모님을 잃었어. 너보다 더 어렸을 때. 전쟁 중이었어. 폴루스 방어전."

알리스는 아무 말 없었지만 내 말을 듣고 있다는 것은 알 수 있었다. 알리스는 벌써 수차례 리더기에 카드를 긁고 있었다. 매번 똑같은 오류 신호음이 조그맣게 울렸다. 살짝 웃음이 새어 나왔다. 나도 이 리더기에 카드를 긁을 때 적당한 속도로 긁느라 자주 곤욕을 치르곤 했다. 진짜 잘못 만든 리더기다. 다운로드가 끝나 갈 즈음 알리스에게 다가갔다. 알리스는 결국 성공하지 못하고 카드를 챙기고 있었다. 이해가 간다. 워낙 짜증이 나서 이따 다시 오는 게 낫겠다 싶은 때가 있으니까. 알리스가 지갑을 닫기 전, 아빠인 레몽과 엄마인 주이한 그리고 알리스가 화려한 색깔의 우주복을 입고 찍은 사진이 살짝 보였다. 가슴이 또 한번 아려 왔다. 나는 안타까운 마음에 내 카드를 꺼내 알리스 대신 임무를 인증해 주었다. 이번에는 어려움 없이 한 번에 성공했다. 너무 빠르지도 너무 느리지도 않게 적당한 속도로, 거의 기적에 가까웠다.

"고마워."

알리스가 중얼거렸다.

목소리를 듣는 순간 몸서리가 쳐졌다. 내가 기억하는 목소리와 달랐다. 나는 알리스의 목소리를 거의 잊고 있었다. 모두 알리스의 목소리를 못 들은 지 정말 오래였다.

"천만에요, 숙녀분. 서로서로 돕고 사는 게 좋죠."

알리스는 내게 살짝 미소를 짓고 다시 관리실을 나서려 했다.

"있잖아, 알리스. 말할 사람이 필요하면 얘기해. 내가 여기 있으니까."

"뭘 말해?"

알리스가 문에 서서 물었다.

"그거, 그러니까, 네 부모님 말이야. 부모님한테 일어난 일."

"별로 말할 거 없는 것 같은데. 우리 가족은 잔인하게 살해당했어."

알리스가 쏘아붙였다.

목소리에서 원통함과 복수심 같은 것이 느껴졌다.

"다 지나갈 거야."

내가 약속했다.

"글쎄."

"나도 다 지나왔는걸."

"그거랑은 달라."

"뭐가?"

내가 놀라서 물었다.

"엄마, 아빠의 죽음은 부당한 일이었어."

"내 부모님은 아니고?"

"군인이었잖아. 전쟁을 했고."

나는 내 아빠들이 크루원이었지 군인이 아니었다고 반박하려 했지만 결국 마음을 바꿨다. 이제 막 애도를 시작한 알리스가 분노를 보이는 것은 당연했다. 게다가 그 나이라면. 공연한 말다툼으로 괴로움을 더할 필요가 없다. 나는 약간 기분이 누그러졌다. 하지만 알리스의 얼굴은 전에 없이 창백했고 목소리는 떨렸다. 나는 조금이라도 알리스를 돕고 싶었다. 바로 그때 배고픔을 호소하는 내 위장이 아이디어를 떠올려 주었다.

"넌 어떤지 모르겠지만 난 배고파 죽겠다!"

내가 제어반 앞에 있는 멜턴 소재의 빨간 안락의자 하나에 앉으며 말했다.

나는 의자에 앉아 빙그르르 돌며, 알리스에게 내 옆자리에 앉으라고 손짓했다.

"간식 나눠 먹을까?"

여전히 문가에 서 있던 알리스가 내 제안에 걱정이 깃든, 호기심 어린 눈빛을 보내며 말했다.

"규칙은?"

"규칙이 왜?"

"벌써 잊어버렸어? 아니면 모르는 척하는 거야?"

"기억하고 있어, 걱정 마. 하지만 내 계산에 따르면 별로 위험할 거 없어. 아직 눈치채지 못했을까 봐 얘기해 주는데 우린 이제 몇 명 안 돼. 닥터는 의무실에 틀어박혀 있고, JC는 보안실에서 감시 카메라를 살펴보고 있을 테고, 플라비우스는 분명 한참 동안 똑같은 방에서 똑같은 임무와 씨름하고 있을 거야. 내 의견을 묻는다면, 잠깐은 괜찮을 거야."

알리스가 내 말을 믿은 것인지 내 쪽으로 와서 의자 하나에 풀썩 앉았다. 나는 주머니에서 에너지바 하나를 꺼내며 시계를 보았다. 이제 곧 닥터가 긴급회의를 소집할 것이다. 플라비우스와 JC가 그사이에 들이닥칠 가능성은 거의 없다. 이 생각에 조금 안심이 되었다. 닥터와 이야기를 나눈 다음 홀가분해진 느낌이었다. 며칠 만에 처음으로, 스켈드에서의 해피 엔딩이 어렴풋이 보였다. 알리스에게 에너지바 반쪽을 건네자 알리스가 바이저를 열며 해맑게 웃었다. 곧 우리가 다시 폴루스에서 안전할 수 있으리라는 기대가 피어올랐다.

▲ ▲ ▲ ▲

18장

몇 번이나 눈을 깜빡이고서야 깨달았다. 내 앞에, 실험실에 닥터를 두고 나왔을 때 닥터가 있던 바로 거기, 거의 그 자리에 닥터의 시신이 누워 있었다. 레몽 때처럼, 주이한 때처럼, 닥터의 몸도 둘로 잘려 있었다. 벌어진 복부의 상처로 길쭉하고 끈적끈적한 돌기들이 빠져나오고 있었다. 감염에 성공하지 못하고 생을 다한 촉수들이 움질거렸다. 하지만 과정은 스타크류 부부 때보다 훨씬 더 발전해 있었다. 나는 고개를 가로저었다. 하마터면 나도……. 더는 생각하지 않으려 했다.

고개를 돌려 헬멧 속 닥터의 얼굴을 보았다. 바이저엔 금이 가 있고 핏자국이 흩어져 있었다. 그래도 한쪽 눈은 보였다. 크게 뜬 눈에서 마지막 순간 닥터를 강타한 공포가 여전히 읽혔다. 나는 몸을 숙여 닥터의 바이저를 힘겹게 열어 눈을 감겨 주었다. 기이하게 비틀어진 입으로 얼굴이 일그러지지만 않았다면 이제 자고 있다고 해도 믿을 것 같았다.

나는 한숨을 깊이 내쉬며 일어섰다. 내 눈도 내 마음과 같이 건조한 사막처럼 메말랐다. 이미 충분히 지체했다. 이제 결정을 내려야 한다. 나는 바이저에서 '신고' 버튼을 흘끗 보았다. 긴급회의를 소집하는 것이 최선일까?

이번에 신고하면 벌써 두 번째인데……. 의심이 나에게로 향하지 않을까? 마지막으로 고개를 숙여 닥터를 바라보며, 나는 모두를 식당으로 소집하기로 결정했다.

식당에 제일 먼저 도착한 사람은 나였다. 곧이어 무기고에서 온 플라비우스가 도착했다. 내게 다가왔지만 무슨 일인지 물어볼 겨를도 없이 JC가 남쪽 복도에서 식당으로 급히 들어왔고, 바로 그 뒤로 알리스가 들어왔다. 이제 다 모였다. 괜히 모두를 기다리게 하고 싶지 않았다.

"다…… 닥터가 죽었어. 의무실에서 발견했어."

내가 더듬거리며 말했다.

평소와 달리 약간 쉰 듯한 목소리가 나왔다. 이 소식을 전하면 다들 어떻게 반응할지 예상할 수 없었지만 JC의 반응은 예상대로였다. 격분한 JC가 내게 달려들어 멱살을 잡았다.

"거기서 뭘 했는지 말해 보시지, 응? 내가 너 오늘 아침부터 찾아다녔는데……. 너 어디 있었어?"

나는 JC를 세차게 밀어냈다.

"젠장, 진정해, JC. 오늘 임무를 하고 있었어. 알리스도 거기 들렀다 잠깐 나랑 같이 있었고."

"아니! 의무실 안에서 뭘 했는지 말하라고!"

JC가 소리쳤다.

"닥터가 나와 얘기하고 싶어 했어."

내가 설명했다.

"왜 너랑?"

내 심장이 걷잡을 수 없이 빠르게 뛰었다.

"닥터는 내 친구였으니까."

"아, 그래? '친구'의 시체를 찾은 사람치고 너무 평온해 보이는데."

JC가 빈정거렸다.

그때 플라비우스가 JC와 나 사이에 끼어들어 서로 가까이 가지 못하도록 팔로 사이를 떼어 놓았다. 얼마 전 자신도 똑같은 입장에 있어 봤기 때문에 잘 알았다. JC와 나는 치고받기 일보 직전이었다.

"워워워, 진정들 해. JC, 너 진짜 그런 식으로 V를 몰아가면 안 되지. V가 평소 같지 않은 게 딱 보이는데. V는 짧은 시간 동안 두 번째 절친을 잃었다고. 좀 너그러워져 봐."

"뭘 너그러워지라는 거야, 플라비우스? 빌어먹을 임포스터가 이 우주선 안에 있는데, 이젠 넷밖에 안 남았다고. 너그러움 따위 이제 없어. V만 두 번이나 시체를 마주쳤는데, 너는 이게 의심스러워 보이지 않냐?"

"그래, 그래, 하지만 난 그럴수록 우리가 더 차분히 논의했으면 좋겠어. 어제 사건도 있고, 이젠 성급하게 결정을 내리지 않는 게 좋을 것 같아."

그때, JC가 팔을 크게 휘두르며 플라비우스와 내게서 벗어나 거리를 두고 섰다.

"후…… 나참, 어이가 없어서……. 나는 계속 대답을 기다리고 있어, V. 의무실 안에서 대체 뭐 하고 있었던 거야?"

가슴속에서 비정상적으로 뛰어 대는 심장이 느껴졌다. 이게 좋은 전략인지는 모르겠지만 나는 내가 든 패를 모두 꺼내 보이기로 했다. 이게 먹힐지는 지켜보면 알게 되겠지.

"닥터는 긴급회의를 소집하려고 했었어."

"무슨 말이야?"

플라비우스와 JC가 동시에 물었다.

"오늘 아침, 다…… 닥터가 내게 뭔가를 보여줬어. 고양이와 쥐 게임 같은 이따위 지긋지긋한 상황을 끝내게 해 줄 것이었어."

"말해 봐, V!"

JC가 재촉했다.

"죽기 전, 닥터는 바이러스를 판별해 낼 수 있는 신뢰도 구십오 퍼센트의 테스트를 개발하는 데 성공했어. 우리 둘 다 테스트해 봤고 둘 다 음성이었어. 닥터는 너희 모두에게 테스트를 제안하기 전에 다시 한번 확인할 시간을 갖고 싶다고 했어. 만약 너희가 테스트를 받겠다고 하면 금방 결과를 알게 될 거야."

뜻밖에도, JC가 미친 듯이 웃어 대기 시작했다.

"쟤 왜 저래?"

플라비우스가 물었다.

"전혀 모르겠는데……."

JC는 옆구리를 부여잡고 거의 숨도 못 쉴 정도로 웃었다. 그러다 웃음소리가 거칠게 쉭쉭 대는 소리로 조금씩 바뀌었다.

"쟤 저러다 죽는 거 아니야? JC, 괜찮아?"

플라비우스가 걱정하며 물었다.

"어, 어. 미안, 아니 근데 V, 그거 최곤데!"

JC가 킬킬대며 겨우 대답했다.

"뭐라고?"

내가 놀라서 물었다.

JC는 자세를 바로 했다. 이제 완전히 제정신을 찾은 듯했다.

"그 테스트 얘기 말이야……. 너 정말 우리가 그 말을 믿을 거라고 생각했어?"

JC가 내 눈을 마주 보며 물었다.

"내…… 내가 왜 거짓말을 하겠어?"

"당연히 네가 결백하다고 하려는 거겠지. 그래, 우연히 닥터가 효과 있는 테스트를 개발하는 데 성공했고 그걸 너한테 말해서 자기와 너의 결백을 증명했는데 재수 없게 죽었다고 쳐. 그럼 우리 셋에게 테스트할 사람은 너밖에 없다는 얘긴데. 넌 어떻게 그걸 우리가 받아들일 거라고 생각할 수 있어?"

"사실이야. 임포스터가 누구든 닥터의 발견을 알아챘을 거야. 그래서 닥터의 입을 막은 거고. 닥터에게는 안된 일이지만, 닥터는 만일을 대비해서 내게 모두 설명해 줬어. 네가 방금 말한 이유 때문이라면, JC, 나도 같이 테스트받아서 너희에게 내 결백을 증명할게."

"그럴 필요 없어. 괜히 힘 빼지 마. 아무도 네가 말한 그 테스트 안 받을 거야."

JC가 말했다.

"그러니까 왜?"

"널 믿지 않으니까. 이 테스트가 우리를 제거하려는 네 수단이라는 걸 어떻게 부정할 건데?"

"하지만…… 그러니까…… 플라비우스, 넌 테스트할 거지? 넌 날 믿잖아!"

내가 당황하며 말했다.

침묵이 흘렀다. 플라비우스의 두 눈에서 공포와 두려움을 읽을 수 있었다.

"모르겠어. 사실 그 테스트 좀 의심스러워. 닥터가 있었다면 달랐을 텐데…… 너는……."

이내 플라비우스가 털어놓았다.

"잠깐, 어제저녁에 JC를 조심하라고 한 건 너 아니야? 나한테 JC가 의심스럽다고 말한 게 누군데? 이제 입장 바꾸겠다고?" 내가 불쑥 화를 내며 말했다.

"그런 게 아니야. 무턱대고 아무렇게나 사람들을 방출하는데 지쳤을 뿐이야." 플라비우스가 부인했다.

"무턱대고라고? 플라비우스, 내가 제안하는 건 '사실'에 근거해서 결정을 내릴 수 있게 해 줄 해결책이야. 누가 제일 그럴듯하게 해명했느냐로 판가름 나는 사이비 재판 같은 게 아니라."

"다 피곤해."

플라비우스가 한숨을 내쉬었다.

"하지만 플라비우스……."

"네 테스트를 받고 싶은 사람 아무도 없어."

JC가 내 말을 끊었다.

그러고는 알리스를 뒤돌아봤다.

"넌 할 거야?"

알리스는 잠시 주저하는 듯하더니 대답했다.

"다른 사람들이 안 하면, 나도 안 해."

JC가 재차 나를 바라봤다.

"봤지, V. 아무도 안 해."

나는 알리스의 눈을 뚫어져라 바라봤다. 진심인가? 우리가 함께 나눈 시간이 있는데, 알리스는 그래도 조금은 내 편이 되어줄 줄 알았다. 실망을 감추지 못하는 내 모습을 본 JC의 얼굴에 빈정거리는 웃음이 번졌다. 내 전략이 예상대로 진행되지 않았다. 하지만 다행히도 내게는 플랜B가 있다, 저들은 모르는. 나는 끈질기게 내 생각을 고집하는 척 계속 연기했다.

"너희가 지금 이렇게 거부한 게 어떤 결과를 낳을지 알기나 해? 그 결과를 받아들일 수 있을 것 같아?"

알리스는 어깨를 으쓱했다. 플라비우스는 시선을 떨궜다. JC의 악문 이 사이로 작은 웃음이 새어 나왔다. 웃다니, 상당히 의외였지만 달라질 건 없다. 내 마음속 깊은 곳에서는 이미 알고 있었다. 결과는 이미 정해져 있다는 것을.

생각해 보면 저들도 테스트를 의심할 수 있다. 그래서 필사적인 몸부림으로 저런 이상한 선택을 한 것인지도 모른다. 저들을 탓할 수만은 없다. 우린 모두 아는 만큼만 볼 수 있을 뿐이니. 각자 최선을 다해 자신의 이익을 지킬 뿐이다.

"그러니까…… 그냥 다시 옛날 방식으로 돌아가자는 거

야?"

내가 물었다.

"옛날 방식, 그렇지."

JC가 대답했다. 그 소름 끼치는 미소는 거두지 않았다. 무엇이 JC를 저렇게 자신만만하게 만드는 걸까? 일단은 그냥 넘어가기로 했다. 게임은 아직 끝나지 않았다.

"투표 마감 삼십 초 전이야."

앨리스가 침착하게 알렸다.

앨리스는 별로 상관하지 않는 듯했다. 선택은 이미 한참 전에 끝냈을 것이다. 그 선택이 누구를 향했을지는 기다려 봐야 알겠지만. 플라비우스는 여전히 망설이는 것 같았다. 당황하며 떨고 있었다. 마치 얼굴에서 정답을 찾으려는 듯 시선이 JC와 나 사이를 오갔다. 모든 것은 확실히 플라비우스의 선택에 달린 것이다. 하지만 내가 가장 걱정하는 건 플라비우스가 아니다. 나는 JC가 누구를 염두에 두고 있는지 궁금했다. JC는 누구에게 투표할까? 자신이 스켈드에서 방출될 다음 주자가 될지도 모른다는 불안감을 웃음 뒤에 감추고 있는 것은 아닐까? 이제 몇 초밖에 남지 않았다. 시간을 놓쳐 건너뛰는 건 원치 않았다. 내 선택은 여지없이 JC를 향했다.

나와 같은 선택을 하도록 플라비우스를 설득할 수 있다면 좋겠지만 지금 이래라저래라하는 건 오히려 역효과를 낼 수도 있다. 그랬다가 되레 나를 찍게 할 수도 있다. 나는 입을 다물기로 했다. 올바른 선택이었을까? 이제 곧 알게 되겠지.

　3··· 2··· 1···

　결과 계산

　진행 중

19장

아무도 방출되지 않습니다

전혀 예상치 못한 결과가 나왔다. 바이저엔 내가 2표, JC가 2표로 표시됐다. 나는 플라비우스를 돌아봤다. 자신의 선택을 확신하지 못하는 듯 여전히 바닥만 바라보았다. 알리스와 JC는 이 결과에 놀라지도 걱정하지도 않는 눈치였다. 식당을 감도는 침묵을 깬 것은 JC였다.

"자, 이제 일하러 가자."

플라비우스는 두 번 물을 것 없이 곧바로 식당을 떠났다. 아무런 해명을 하지 않아도 된다는 것에 기뻐하며 오른쪽 복도로 사라졌다. 알리스는 식당을 쭉 훑어보고는 임무 목록을 열었다. 그리고 플라비우스가 나가고 몇 초 뒤 같은 길로 나갔다. 식당에는 이제 JC와 나만 남았다. JC는 초연한 척했지만 분명 곁눈으로 나를 살피고 있었다. JC는 "자, 이제 가 볼까"라고 말하며 기합을 넣고는 식당 안쪽으로 가서 전기 패

212

널의 배선을 만지작거리기 시작했다. JC가 노리는 것은 단한 가지, 내 뒤를 밟는 것이었다. JC는 내가 눈치챈 것을 의심조차 못 하고 있겠지만, 나는 JC의 속셈이 훤히 들여다보였다. 약속하지. 실망시키지 않겠다고…….

나는 확실한 방법, 유일한 해결책을 취하기로 했다.

나는 JC가 가짜 임무를 하게 내버려 두고 식당을 나와 창고로 이어지는 복도로 나섰다. JC가 게임을 원한다면 같이 놀아 줘야지. 나는 일부러 조금 늑장을 부렸다. 창고에 도착해서는 나도 임무를 수행하는 척했다. 연료통을 잡고 채우는 시늉을 하며 의심을 사지 않도록 더 사실적으로 보이려고 몸 여기저기에 기름을 묻히는 것도 잊지 않았다. 휘파람을 불면서, 계속 문과 복도를 주시했다. 분명 곧 JC가 나타날 것이다.

예상대로였다. 내가 도착한 지 몇 분도 안 지나 JC가 창고로 들어왔다. 나는 일부러 연료통을 놓쳐 내용물을 바닥에 쏟았다. 이제 창고를 곧바로 떠나지 못할 만한 그럴듯한 이유가 만들어졌다.

"젠장, 짜증 나게…… 처음부터 다시 해야 하잖아."

내가 구시렁거렸다.

나는 연료통을 탱크 아래 놓고 처음부터 다시 작업을 시작했다. 내가 당황하고 스트레스 받아 임무에 제대로 집중하지 못하는 역할에 완전히 녹아든 사이, JC는 쓰레기 투입구로 갔다. JC는 계속 나를 살피고 있었다. 나도 그러고 있다는 것을 JC가 눈치채서는 안 된다. JC는 철 지난 옛 노래를 흥얼거리며 쓰레기 투입구의 레버를 당겨 몇 초간 누르고 있었다. 나는 내 창의력 ― 그리고 융통성 ― 을 발휘해 JC에게 들키지 않고 쓰레기통을 확인하는 데 성공했다. 역시, 내 생각대로였다.

쓰레기통은 이미 완전히 비어 있었다. JC는 이곳에서 할 일이 전혀 없었다, 할 일이 날 감시하는 게 아니라면. 헬멧 아래로 만족스런 미소가 번졌지만 금세 정신을 다잡았다. JC가 내 의심을 의심해서는 안 된다. 눈치채서는 더더욱 안 된다. JC가 쓰레기 없는 쓰레기통을 계속해서 비우는 동안, 나는 마침내 다 채워진 척 연료통을 손에 들고 하부 엔진실로 향했다. 아까처럼 JC가 충분한 거리를 두고 따라올 수 있게 아주 천천히 움직였다. 무거운 척, 낑낑대며 연료통을 붙잡고 필요 이상으로 크게 한숨과 신음을 내뱉었다. 나 배우 해도 되겠는데! 연기가 완전 예술이었다. 나의 이 인상적인 연기를 아무도 보지 못한다는 게 안타까울 정도였다. 하부 엔진실에서 계획을 실행하려면 서둘러야 한다. 모든 것이 타이밍 문제다. 어긋나서는 안 된다. 전기실을 지나면서는 엄청나게 속도를 올려 엔진실까지 이동했다. 하부 엔진실에 도착해 최대한 조심성 없이 연료통과 탱크를 열었다. 복도 반대쪽의 JC에게도 내가 분주히 움직이는 소리가 들려야 한다. 최대한 시끄럽게 소리를 내며 바이저에서 내가 원하는 옵션을 찾아 메뉴들을 이리저리 살폈다. 찾았다. 약간의 기술을 요하는 다소 비공식적인 방법이지만 나는 다룰 수 있다. 인터페이스를 몇 번 조작하자 마침내 명령이 실행되면서 우주선 안의 평범한 조명이 빨간색으로 격렬하게 깜빡이기 시작했다.

내 헬멧은 물론 모두의 헬멧에 메시지가 떴다. '원자로 용해가 시작되었습니다.' 나는 우물쭈물할 것 없이 모든 것을 엔진 옆에 그대로 내버려 둔 채 서둘러 원자로로 달려갔다. 예상대로 내가 제일 먼저 도착했다. 역시나 내 뒤를 바짝 뒤따르는 발소리가 들렸다. JC다. 나는 안다.

'후회하게 해 주지.'

원자로 입구에서 멀리 있지 않을 JC를 기다렸다. JC가 곧 도착했다. 얼굴은 빨갰고, 호흡은 거칠었다. 방 안에서 나를 발견하자 자신은 오른쪽 디지털 스캐너를 맡을 테니 내게 왼쪽으로 가라고 손짓했다. 우선은 고개를 끄덕였다. 하지만 그렇게 하지 않았다. 나는 오른쪽 스캐너로 가서 JC를 막아섰다. 내가 이해하지 못한 줄 안 JC는 다시 왼쪽 스캐너로 방향을 틀었다. 난 이번에도 그와 똑같이 하며 가슴팍에 손이

닿을 정도로 팔을 뻗어 재차 JC를 막았다. JC는 이해할 수 없다는 듯 미간을 찌푸렸다. 주먹을 꽉 쥔 채, 이마 위로 맺혀 흘러내리는 땀방울을 느꼈다. 잠시 동안 망설였다. 하지만 그리 오래는 아니었다. 나는 이럴 권리가 있고, 다른 대안은 없다. 어떻게 보면 이건 그 아니면 나의 문제다. 내가 조금씩 다가서자 JC는 그제야 무슨 일이 일어나고 있는지 이해하는 것 같았다. 물러서려 했지만 너무 늦었다. 내 손은 이미 JC의 멱살을 쥐고 있었다. JC의 헬멧 아래로 포식자를 앞에 둔 겁에 질린 동물의 눈동자처럼 흔들리는 두 눈이 보였다. JC는 빠져나가려 발버둥 쳤다. 절망의 에너지가 그를 몸부림치게 했다.

눈치채지 못한 사이 JC가 내게 주먹을 날렸다. 나는 넘어지지 않았지만 뒤로 몇 발짝 밀려났다. 그 사이 JC는 재빨리 출구로 돌진해 도망치려 했다. JC에게는 안됐지만 내가 훨씬 빨랐다. 나는 문을 가로막고 JC가 지나가지 못하게 막아섰다. 겁에 질린 JC가 다시 한번 뒷걸음질 쳤다. 커다랗게 뜬 두 눈에 두려움이 가득 차 있었다. 그러다 결국 뒤로 나자빠지고 말았다. 나는 겁에 질린 채 지렁이처럼 바닥에서 꾸물대는 JC를 내려다보았다. JC는 이제 내 의중을 완전히 이해했다. 불안과 공포로 얼굴이 일그러진 JC가 나를 손가락으로 가리키며 말했다.

"V, 너 왜 그러는 거야? 맹세해, 난 결백하다고…….."

나는 만족감을 느끼며 상관없다는 듯 고개를 갸우뚱댔다. 상관없다. 이제 상관없다. 귀를 기울여 보니 아무도 근처에 오지 않은 것 같다. 아직 시간이 있다. 하지만 서둘러야 한다. JC는 아직도 벗어날 수 있다는 듯, 아니면 날 포기하게 할 수 있다는 듯 바닥을 기어 뒤로 물러났다. 하지만 금세 원자로에 부딪혔다. 이제 더는 빠져나갈 구멍이 없다. 나는 알았다. JC 역시 알았다. 그 순간 JC의 눈빛과 표정이 바뀌었다. 비난에서 애원으로. 그의 눈이, 어떤 소리도 새어 나오지 못하는 그의 입술이 나의 너그러움을 애원했다. 하지만 너무 늦었다. 결정은 내려졌다. 그리고 그 결정은 바뀌지 않을 것이다. 닥터에게 경고했었다. 시간이 가고 있다고, 서둘러야 한다고. 나는 인정사정없이 JC에 달려들었다. 피가 순식간에 사방으로 튀며 JC의 검은색 우주복과 나의 보라색 우주복을 적셨다. 모든 것은 생각보다 빠르게 진행됐다.

JC의 몸은 단 몇 초 만에 모든 생명력을 잃었다.

'유감이네.'

빨간 불빛과 경고음이 계속해서 우주선 안에 울리고 있었다. 바이저를 확인했다. 지원군이 곧 도착하겠군. 아마 왜 아직도 용해를 멈추지 않았냐고 물을 것이다. 수십 초 후에도 아무 조치를 취하지 않으면 이 우주선은 목격자는 물론 생존

자도 없이 요란한 침묵 속에서 폭발할 것이다. 남는 것이라 곤 은하계 끝에 흩어진 몇몇 파편들뿐일 것이다. 그럼 누가 기억해 줄까?

몸을 숙여 발치에 있는 JC의 눈을 감겨 주었다. 그때 복도에서 발소리가 들렸다. 나는 곧바로 시체를 원자로 그림자에 숨기고 그 옆에 함께 숨었다. 그때 앨리스가 문에 나타났다. 방 안을 훑어보았지만 나를 발견한 것 같진 않았다. 내가 앨리스에게 막 달려가려는데 플라비우스가 들어왔다. 웬일로 늦지 않고 도착했네……. 나는 속으로 욕을 내뱉었다. 하지만 사소한 차질에 불과하다. 카운트다운은 계속 흘렀다. 게임은 끝나지 않았다. 모두 계획대로 다시 진행될 수 있다. *10, 9, 8……*.

20장

알리스와 플라비우스는 동조의 눈빛을 주고받았다. *7, 6, 5…….* 알리스가 내 쪽으로 왔지만 나를 못 보고 지나쳤다. 플라비우스는 무언가 시도하기엔 너무 가까이에 있었다. *4, 3, 2…….* 두 사람 모두 디지털 스캐너에 손을 댔다. 카운트다운이 멈추면서 원자로 용해가 중단되었다. 두 사람이 방을 나선 후에야 작게 한숨을 내쉬었다. 뭐, 이 보 전진을 위한 일 보 후퇴일 뿐이다. 내게 또 다른 수가 있으니! 난 한시도 지체하지 않고 보안실로 달려갔다. 보안실의 감시 카메라 모니터 앞에 앉아 알리스와 플라비우스가 어디 있는지 찾았다. 먼저 상부 엔진실과 식당 사이 복도에서 플라비우스를 발견했다. 그리고 몇 초도 되지 않아 알리스도 그곳을 지나갔다. 이어서 플라비우스가 창고로 이어지는 식당 남쪽 복도에 다시 나타났다. 알리스는 플라비우스를 바싹 뒤따르고 있었다. 누군가 따라오는 것을 느꼈는지 플라비우스가 복도 중간에 멈춰 섰다. 뒤돌아 알리스를 보고 무언가 말하는 것 같앉다. 아, 감시 카메라에 소리도 들렸더라면 좋았을 텐데! 알리스는 아무 대답도 하지 않고 플라비우스를 향해 계속 걸어갔다.

나는 헬멧을 좀 더 화면 가까이 가져갔다. 곧 일어날 일을 픽셀 하나하나 자세히 관찰하고 싶었다. 오래 기다릴 것도 없이 상황은 섬뜩하게 바뀌었다.

알리스, 아니 아직 알리스라고 할 만한 것이 조금씩 변해갔다. 크고 끈적끈적한 촉수가 우주복 밖으로 빠져나가고 있었다. 그 모습에 플라비우스는 아마도 공포의 비명을 내질렀을 것이다. 나는 스크린에서 얼굴을 뗄 수 없었다. 가엾은 플라비우스는 있는 힘껏 벗어나려 했지만 돌아서자마자 끈적끈적한 다리가 플라비우스의 허리를 둘렀다. 곧 촉수가 청록색 우주복을 떠나 플라비우스의 노란색 우주복에 빗발치듯 꽂혔다. 플라비우스의 몸이 압력을 이기지 못하고 사방으로 피를 튀기며 둘로 잘렸다. 알리스는 촉수를 다시 거둬들였다. 나는 눈을 가늘게 뜨고 열중하여 이제 무슨 일이 일어날지 지켜보았다. 잘린 플라비우스의 몸에서 가는 돌기들과 끈적끈적한 막이 빠져나와 서로 합쳐지려 했다. 운명의 순간이었다. 하지만 인간의 것이 아닌 그 돌기는 금세 생명력을 잃었다. 그리고 곧 마지막 전율 후 완전히 움직임을 멈췄다.

'이번엔 아슬아슬했는데…….'

얼른 정신을 차리고 다시 스크린을 보니 알리스가 감시 카메라를 올려다보고 있었다. 서둘러야 한다. 신속하게 통신실로! 통신실엔 알리스가 나보다 먼저 도착해 있었다. 알리스는 압도적이고, 거대하고, 끈적끈적한, 한마디로 끝내주는 원래 모습을 하고 있었다! 내가 미소를 보내자 나를 들여보내 주었다. 나는 곧바로 대시보드 앞에 앉았다. 내 친구는 내 옆의 안락의자에 태연히 앉아 있었다. 촉수로 에너지바 반쪽을 쥐어 입으로 가져가는 모습을 보니 피식 웃음이 나왔다.

만약 V가 자신에게 일어날 일을 알았더라면 몇 시간 전 알리스와 절대 간식을 나눠 먹지 않았을 텐데……. 가엾은 JC가 대면할 땐 바이저를 열지 말라고 경고하지 않았나! 하지만 잘 알려져 있다시피 인간은 남의 충고를 귀담아듣지 않으니까…….

나는 이 순간을 조금도 놓치지 않기 위해 눈을 한껏 크게 뜨고 스크린에 집중했다. 만족스러운 긴 한숨을 내쉬며, 내 촉수로 메시지를 입력하고 전송했다.

임무 완수

스켈드 잠입 완료

폴루스로 항로 설정